相逢如初见 回首是一生

山河故里

白落梅 作品

湖南文艺出版社
HUNAN LITERATURE AND ART PUBLISHING HOUSE

博集天卷
CS-BOOKY

总 序

写字寄心，煮茶待客

魏晋之风的琴曲，空灵中有一种疏朗，又有几分哀怨，如冬日窗外的细雨，清澄而寒冷，直抵窗前，落于柔软的心中。

这样的雨日，须隔离了行客，掩门清修，亦不要有知心人。一个人，于静室内，焚一炉香，沏一壶茶，消减杂念。

《维摩诘经》云："一切法生灭不住，如幻如电，诸法不相待，乃至一念不住；诸法皆妄见，如梦如焰，如水中月，如镜中像，以妄想生。"

佛只是教人放下，不生妄想执念。却不知，世间烦恼恰若江南绵密的雨，滴落不止。该是有多少修为，方能无视成败劫毁，看淡荣辱悲喜。那些潇洒之言、空空之语，也不过是历经沧桑之后，转而生出的静意，不必羡慕。

我读唐诗觉旷逸，读宋词觉清扬，看众生于世上各有风采。诗词的美妙，如丝竹之音，又如高山江河，温润流转，有慷慨之势，让人与世相忘，草木瓦砾也是言语，亭阁飞檐也见韵致。

想来这一切皆因有情，如同看一出戏，本是茶余饭后消遣之事，可台下的人，入戏太深，竟个个流泪。然世事人情薄浅如尘，擦去便没了痕迹。他们宁愿在别人的故事里，真实地感动，于自己的岁月中，虚幻地活着。

佛经里说缘起缘灭，荒了情意，让人无求无争。诗词里说白首不离，移了心性，令人可生可死。那么多词句，虽是草草写就，却终究百转千回，似秋霜浓雾，迟迟不散。

翻读当年的文字，如墙角未曾绽放的兰芽，似柴门欲开的梅蕊。那般青涩，不经风尘世味，但始终保持一种新意。远观很美，近赏则有雕琢之痕，不够清澈简净。

　　后来，才学会删繁就简，去浓存淡。知世事山河，不必物物正经，亦难以至善至美。好花不可赏遍，文字不能诉尽，而情意也不可用尽。日子水远山长，自是晴雨交织，苦乐相随。若遇有缘人，樵夫可为友，村妇可作朋，无须刻意安排，但得自然清趣。

　　琴音瑟瑟，一声声，似在拨弄心弦。几千年前，伯牙奏曲，那弦琴该是触动了钟子期的心，故而有高山流水觅知音的可贵。而文字之妙意，与弦音相同，都是一段心事，几多风景，等候相逢，期待相知。

　　柳永有词："风流事、平生畅。青春都一饷。忍把浮名，换了浅斟低唱。"他的词，贵在情真，妙在那种落拓之后的洒脱。世上名利功贵纵有千般好，也只是浮烟，你执着即已败了。又或许，人生要从浮沉起落里走出来，才能真的清醒，从容放下。

　　都说写者有情，读者亦有心。不同之人，历不同的世情，即使读相同的文字，也有不同的感触。有些人，一两句就读到心里去了；有些人，万语千言，亦打动不了其心。

　　也许，那时的我，恰好与此时的你，心意相通。也许，这时的你，凑巧与彼时的我，灵魂相知。也许，你我缘深，可同看花开花落。也许，你我缘薄，此一生都不会有任何交集。

人间万事，都有机缘。我愿一生清好，在珠帘风影下写几行小字寄心，于廊下堂前煮一壶闲茶待客，不去伤害生灵，也不纠缠于情感，无论晴天雨日，都一样心境，悲还有喜，散还有聚。

当下我拥有的，是清福，还是忧患，亦不去在意，不过是凡人的日子，真实则安好。此生最怕的，是如社燕那般飘荡，行踪难定。唯盼人世深稳，日闲月静，任外面的世界风云变幻，终将是地老天荒。

过日子原该是糊涂的，如此才没有惆怅和遗憾。天下大事，风流人物，乃至王朝的更迭，哪一件不是糊涂地过去？连同光阴时令，山川草木，也不必恩怨分明。糊涂让人另有一种明净豁然，凡事不肯再去相争，纵岁月流淌，仍是静静的，安定不惊。

流年似水，又怎么会一直是三月桃花，韶华胜极？几番峰回路转，今时的我，已是初夏的新荷，或是清秋兰草，心事与从前自是两样。所幸，我始终不曾风华绝代，依旧是谦卑平淡之人。

女子的端正柔顺、通达清丽，让人敬重爱惜。我愿文字落凡尘，亦有一种简约的觉醒，不去感怀太多的世态炎凉。愿人如花草，无论身处何境，都不悲惋哀叹。人世不过经几次风浪，寻常的日子，到底质朴清淡，无碍无忧。

人生得意，盛极一时，所期的还是现世的清静安稳。想当年，母亲亦为佳人，村落里的好山好水，皆不及她的清丽风致；如今却像一株草木，凋落枯萎，又似西风下的那缕斜阳，禁不起消磨。

看尽了人间风景，不知光阴能值几何，如今却晓得珍惜。世上的浮名华贵，纵得到，有一天也要归还，莫如少费些心思。不管经多少动乱，我笔下的文字，乃至世事山河，始终如雪后春阳，简洁安然，寂然无声。

光影洒落，袅袅的茶烟，是山川草木的神韵。我坐于闲窗下，翻读经年的旧文辞章，低眉浅笑，几许清婉，十分安详。

白落梅

目录

卷六 ◎ 山静似太古，日长如小年

后记 ◎

昨日采来的荷花，开了一夜，便匆匆凋落了。尘梦太过仓促，多少光阴，来不及细思，就骤然惊醒，草草结束。

回到家乡已过一月，别离声近，却无悲感。我本社燕秋鸿，披雨穿风，漂泊是归宿，任何短暂的停留，都是福报。

父亲亡故，母亲年迈，人的命数恰如花开花谢，不可更改。远去的景，消逝的人，耗费的流光，以及书写过的故事，淡无痕迹。经营了数百年的王朝，都可以一夜之间没落，城池倒塌，散作云烟，更何况是你我这样碌碌奔走的凡人。

　　乡间的日子，到底是简单清淡，虽不像旧时那般朝耕暮耘，却也安分守拙。晨起，草木盈露，很是清新，夜晚虫语蝉声，也极温柔。斜阳下，依稀可见当年遗留的黛瓦青墙，流水人家仍有炊烟袅袅。

　　闲时去了几处村落古宅，幽巷深处，似有尽头，又无尽头。冷落门庭，仍可见当年主人的富庶与风雅。破败墙垣，凌乱荒草，随处摆放的旧物，有一种遗世的空寂，触动人心。

　　天井一块长满青苔的石柱上，摆着一盆兰草，不知于此处修行几世，茫然中无所依。似在等着谁远游归来，又好似只为候一窗风雨。因为结了蜘蛛网，让人忍不住多看几眼，兰憔悴中，更见精神。想来下一世人间，我打这儿经过，它依旧在，不改初颜。

　　事已成往，不可追，无可追。檐上的石刻，壁上的木雕，庭院的青砖黛瓦，草木苔藓，乃至世代先贤的魂灵，被永远封存于此。

　　且让它们停留在这里，守着从前的主人，淡看来往过客，不必为谁更姿改态。它们有一种温柔安静的力量，在尘世寂寞荒芜的一隅，令我心存敬畏。

只因我途经那段岁月，所以许多似曾相识的景象，频频入梦来。但也只是梦，醒后晴空湛湛。日暮下的竹，晚风中的荷，早已不是昨日的烟火。

《菜根谭》云："春日气象繁华，令人心神骀荡，不若秋日云白风清，兰芳桂馥，水天一色，上下空明，使人神骨俱清也。"

立秋之后，喧烦的日子渐渐清凉，转而滋生一种安定。白露蒹葭，西风霜林，一切物象，因季节更替而美好。然世事恰如秋云，变幻莫测，聚散无常。若可，愿人间所有的相逢无牵绊，别离无挂碍。

我们都是时光里的人，亦随着光阴流转而改变。以往见外婆的珠饰珍藏于妆奁里，久久不被碰触，今时我亦如是。平日不施粉黛，曾经喜爱的钗环皆已深藏，再无那般佩戴的心情。

想来人生后来的境界，是简单自持，铅华洗尽。万般修饰，几多纷纭，为的还是一茶一饭，一人一心的生活。

几载浮沉，梅庄简净，万物在此消减，唯留几卷书、数捆茶。其实，我书写过的那些人物，许多都未曾与我有过交集。而这本书，所述的是我幼时的故事，旧日河山，和我最是相亲。任凭物换星移，记忆始终清晰，不可忘怀。

许多时候，我依旧停留在远去的岁月里。薄暮的微风，拂过寂静的青山，我还是那个采莲归来的小女孩。母亲在厨房煮饭，煎炒之声，暖入心扉。而父亲则背着他的药箱，去了隔壁村落，后来与某位山神邂逅，对饮愉悦，忘记归路。

那年，外婆栽种的茉莉，仍然盛放，洁白如雪。外公的酒杯，存放在光阴阑珊的角落，只是落了一点点尘埃。它们远离了人世的哀怨苦乐，不必守候谁，安静中自有一种地老天荒。

那时庭院疏朗，廊屋轩敞；那时亲人安在，世情温和；那时春耕秋收，风雪知心。墙院外，梅花开了新枝。小窗下，有人浓妆淡抹。檐雨淅沥，燕子于旧巢栖息。阡陌纵横，过客缓缓归矣。

过往的人，比我幸运，一生被寄存在那个村落，再不被时光追赶。有些葬于翠竹青青的山林，有些永远行走在溪桥杨柳下。我那朴实淳厚的父亲，想必早已幻化成一株药草，生长在村人必经的路口，留一脉清香，悬壶济世。

　　有些人，一旦擦肩，便是永别。真正朝暮相待时，却总不以为然，只觉人世水远山长，迤逦连绵，怎有尽头。更何况红尘细碎，处处卑屈，何以称心如意，事事周全。

　　这些年，从迷茫惊乱到无所畏惧，从飘零流转到清洁洒然。其间的酸楚与凄冷，竟无从解释心迹，因为所有的宽慰，是那般的无力且陌生。想来，世间芸芸众生，各有其乐，各有其苦，亦都值得拥有更多的美好。

　　当下，窗外庭深物静，已觉秋凉。而我，还是寻常巷陌里，那个端正婉静的女子，不落忧患，不染富贵。坐于修竹下，看墙上枝影倾斜，低眉书写几多心情，一世因果。

白落梅

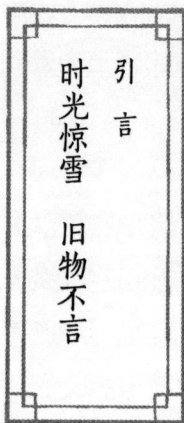

近日来，总生出急景凋年之感，仿佛一次低眉，一个转身，已被光阴抛远。往日山河不在，唯留几件旧物，朴素安静，不减风姿。那个在旧庭深院里，摘花听雨的小女孩，竟也提前老去。

看罢人世风景，深知众生不易。多少深情岁月，换来离合聚散，远去的往事从容又忧伤。以往喜爱一切古雅美丽的事物，而今已无欲求。世间万物，无须修饰，唯清素简洁，方不失韵味。一如人生，多一些留白，则干净无争。

那些如画山水、炊烟人家，都付与匆匆流年，留下的，还有些什么？散淡的记忆，飘忽的世事，以及浓浓的乡愁。在仓促的时间里，曾经遇见的人和事，皆被缓慢遗忘。而许多年前，那些黛瓦青墙下的故事，恍如昨天。

以往认为不会离散的故人，在我远赴异乡的行途中，渐渐杳无音讯。落笔行文时，外婆尚在人世，于遥远的故里，漫不经心地老去。不过几月光景，便与我天人永隔，纵是山水踏遍亦不得重逢。那种割情断爱的苦痛，今世再怕亲尝。

母亲电话里一番絮叨，令我心生厌烦，只觉生命里因了她的牵挂，而有了太多的不由自主。可她说，这世上唯母爱无私，深沉似海，除了她再无人对我真心关爱。我听后内心悲伤不已，泪眼迷蒙，哽咽无言。

是啊，那些途经我倾城时光的人，皆为过客，不经意间便走远了。千帆过尽，亲人依旧相陪，尽管他们一次次目送我的背影，却一如既往在故乡的路口，等候我的归来。人世风光无际，长亭短亭，无论走得多远，那条回家的路，始终不敢荒芜。

小院竹篱，春水秋月，一切还是初时模样。外婆于花荫里闲穿茉莉，外公于厅堂独自饮酒，母亲在菜圃打理她的蔬菜瓜果，父亲则背着药箱，去了邻村出诊。而我，坐于雕花窗下，看檐角那场绵长得没有尽头的春雨。原以为星移物换的岁月，只老去那么一点点。

　　远处，古老的村庄炊烟袅袅，旧宅深巷里，已是灯火阑珊。繁华世景，终不及庭风山月这般简净宁和。生一炉薪火，泡一壶野茶，小巷行人缓缓，几声犬吠，就这么静了下来。

　　时光且住，不言离别。

白落梅

甲午荷月于落梅山庄

卷一◎竹喧归浣女，莲动下渔舟

—相逢如初见 回首是一生—

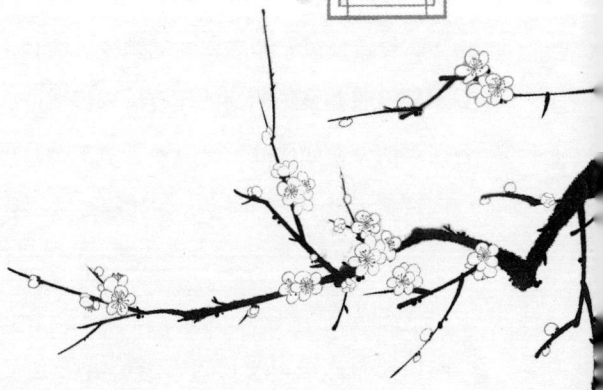

茉
莉

　　晨露晓风，叩醒帘内的幽梦。窗台上，昨夜含苞的茉莉，盈盈轻绽着其素雅飘逸的风姿。翠绿的叶，洁白的朵，幽淡的香，清灵的骨，如此高洁之草木，竟无须打理，搁在窗台，或置于室内，到了属于它的时令，便如期绽放，芬芳宜人。

　　含露的茉莉，我见犹怜。摘上一青花瓷碗，足以滋养一日的闲情。有人说，爱花之人当是惜花之人，何故摧折它的青春年华，不让它终老枝头。以往亦不忍采之，后来知晓茉莉花开短暂，它愿意留住最美的年华，给世间珍爱之人。

　　故每日晨起，便推窗采摘茉莉，若是耽搁一天，昨日的花朵则枯萎泛黄，红颜老去。采下的茉莉，或簪于发髻，增添姿容；或取山泉泡之，香韵清绝；或浸于酒中，和岁月一起深藏。亦可以晾晒于月光下，待干时封于坛内，留待日后烹煮香茗。

我对茉莉的喜爱缘于儿时的记忆。外婆的庭院种了一些花木，春桃秋菊，夏荷冬梅，当然，还有她最爱的茉莉。茉莉花期很长，从暮春开到深秋，这些时日，茉莉花就那样悠然绽放，不曾间断。外婆种植的茉莉，枝繁叶茂，花瓣如雪。每至晨昏，茉莉的淡淡幽香，飘过黛瓦青墙，弥漫至村间。

犹记得，外婆晨起打扫完庭院，则提篮采摘茉莉，泡上一盏茉莉香茗，坐于庭前石几上。穿针引线，穿起的茉莉手链，给自家小姑娘佩戴，若有多余，则送与邻人。那些个夏天，外婆每日头上都簪着一朵茉莉，尽管如此，依旧遮掩不住她不断新生的白发。

乡间老妪，本没有戴花的习惯，但茉莉与粉桃不同，不艳丽，不张扬。别一朵茉莉，不分年岁，只为了装点心情，还有那耐人寻味的淡香。后来想起刘姥姥游大观园时，曾说过她年轻时也风流，爱戴些花儿，抹些粉儿的。而外婆亦有此番情肠，想来每个女子都珍爱自己的容颜，愿与繁花相守一生。

　　幼年总听外婆说起，她本是富家小姐，家里也算得上是村里的大户。祖上修建的大宅院福泽后辈，有亭台楼阁、回廊水榭、叠石成山。而庭园里，花木成荫，折花插瓶，佩戴簪花，则成了她少女时代最美的回忆。我的曾外祖父，亦每日修剪盆树，赏鸟观鱼，甚是风雅。

　　那些闲逸的光阴被时代的浪潮冲散，一去不复返。外婆嫁到了邻村的农家，几片青瓦，几亩薄田，她从千金小姐，成了平凡妇人。她的嫁妆，除了一双红绣鞋，还有几株曾外祖父栽种的茉莉。那掀开红盖头的男子，将与她开始未知的人生故事。

　　外公是个书生，与农田相伴，一生没有改变其乡野村夫的命运，却总在夜阑人静之时点烛读书，而年轻的外婆则为他红袖添香。有时，她泡上一盏茉莉清茶，静坐于他身边，裁衣缝衫，共守朝霞。

　　外公一生爱酒，喜茶，亦好交朋友。每年都要取自家的粮食酿上几大坛好酒，兴起时，则邀约几个邻翁，于庭院喝酒闲聊。乡村月色明净，茉莉花开，暗香袭人。灵巧的外婆下厨做几道农家小菜，虽不见荤腥，却是下酒的佳肴。最为别致的一道菜，是茉莉花炒鸡蛋。白日新摘的茉莉花，用井水洗净，打上几个鸡蛋，一起烹炒，清香可口，回味无穷。

外婆自制的茉莉花酒、茉莉花茶，一时间远近闻名。镇上曾有商铺老板慕名前来，询问秘方，被外婆回绝。其实自酿花酒、花茶只是一种心境，并无秘方，亦无须资本。自家栽种的粮食、茶叶、花木，巧妙地相容，便生了风雅。

乐善好施的外婆，对平日走街串巷的卖货郎或天南地北的江湖艺人，总会殷勤留客。虽是粗茶淡饭，却给了风餐露宿的他们无限温情暖意。想来，外婆当年的乐施，皆是种下的善因。如今她九十高寿，前尘往事已然忘却，成了流水浮烟。那双红绣鞋也不知下落，唯留几树茉莉，年年开合，不说别离。

我与外婆相处的日子越发短少。每年看到茉莉花开，便知我们的缘分已薄如春梦。外婆已经不折茉莉簪头了，她两鬓的发，一如茉莉那样白。以往只觉时光太慢，我的世界总离不开那个小小村庄。而今我漂泊天涯多年，方知岁月催人老去，那些阔别已久的面容，都不再年轻。

每次与外婆临别之际，她总会拉着我的手絮说几句珍重的话。她说她已朝不保夕，而我的人生，则如那一窗的茉莉，开谢了一季，还会重来。我无言以对，转身拭泪，任凭她目送我的背影渐行渐远。

也曾有过茉莉为衣、芙蓉为裳的美好日子，只是随着年岁渐长，丢失了当年心情。外婆努力走过了她漫长的一生，到头来，她遇见的人都只是过客。她曾对我说过，这世间已经没有让她记挂的人事。并非她淡漠，是真的老得没有气力再对任何人付出情感。

她不说，但我懂，她这一生的眼泪都给了英年早逝的小舅。若她真的可以在辞世之前删去记忆，那么无论欢喜的，或是悲伤的，都该决然忘记。这样方为福报，不枉此一世良善的修行。那删除的记忆里，也包括我，还有她钟爱了一生的茉莉。

这些年，无论我身在何处，我所居住的地方皆种植茉莉。它曾陪我走过年少时光，又随我人世迁徙，如今和我一起安于江南某个旧院。也许这不是我最终的归宿，有一天我还会遭遇流转的命运，但茉莉亦会与我清淡相守，情深意长。在许多个苍茫无依的日子里，慰我孤独寂寥。

此时，雨落黄昏，茉莉盈香。听一首《茉莉花》，淡远如流的筝曲，轻灵柔软，让心安宁。这个盛夏，原本需要如此清凉的心境。雨中的茉莉，让我想起旧时庭院里，穿一袭素衫，坐于石几上闲穿茉莉花的女子。那是年轻时的外婆，我虽不曾亲见她年轻模样，想来定是端然素雅，贞静美丽。

几年前，我得知茉莉花原本是灵山仙客，产自佛国印度。对它的喜爱，更生了一点禅心。我与茉莉，系着一段佛缘，外婆亦如是。只愿她在为数不多的日子里，可以平静如水，那是岁月赐予她的最好恩德。

记得宋人姚述尧填过一阕写茉莉的词："天赋仙姿。玉骨冰肌。向炎威、独逞芳菲。轻盈雅淡，初出香闺。是水宫仙，月宫子，汉宫妃。　清夸薝蔔，韵胜酴醾。笑江梅、雪里开迟。香风轻度，翠叶柔枝。与玉郎摘，美人戴，总相宜。"

我那一生不识字的外婆，也许不知词为何物，亦不懂此间婉约情怀。但茉莉本无分别心，它会珍爱世间每一个惜花之人。在每个清凉的晨昏，任凭你深情采摘，簪于发髻。美人戴，总相宜。

采莲

你采过莲吗？那些生在江南偏远山村的莲，未经世事，出尘不染，它的美丽胜过了世间万千风景。多么有幸，我生长于莲荷之乡，与莲共有过那么一段淳朴真切的时光。在那个古老的村落，清贫的童年里，是莲带给我浪漫、温柔的过往。

我曾说过，莲是人间草木中与我亲近的植物，是红尘路口的初遇，是前世种下的善因。而莲，因它洁净的本真，成了佛前灵性之物。喜爱莲的女子，定然有着清雅的容颜，玲珑的心事，曼妙的情怀。若可以，我愿化身为莲，长伴佛前，结缘今生。

汉乐府诗《江南》写道："江南可采莲，莲叶何田田。鱼戏莲叶间。鱼戏莲叶东，鱼戏莲叶西，鱼戏莲叶南，鱼戏莲叶北。"我是江南采莲女子，着一袭红衣，乘舟穿行于万顷翠荷间。在明媚的阳光下，采摘莲蓬，唱一首动听的采莲曲。凉风拂过，散落的荷瓣漂浮于水中，几尾红鱼欢快地嬉戏。

背着箩筐，那种满载而归的喜悦，至今回忆起来仍然温暖而甜蜜。归来的路上，有清澈的溪水，洗去一身尘泥。再掬几口山泉饮下，更觉神清心怡。走过晚霞铺就的山径，有倚着柴门候着归人的母亲，年年岁岁，还是那个模样。

煤油灯下，早早吃过晚饭。母亲端上一盘新煮的莲子，泡一壶乡间自种的野茶。一家人，聚于一处，趁着莲蓬新绿时，静剥莲子。青花瓷盆里，很快就盛满了一粒粒清润的莲子。明净的月光，透过天井的瓦檐，温柔地洒下清辉。这些美好的景象，印在记忆深处，多少次午夜梦回，总会重温那段旧日时光。

莲蓬里剥出的莲子，先去表层的青壳，再细致地撕下内里的白皮，而后用竹签取出中间的莲心，白净的莲子肉可晒干以食用。幼时夏天，我一直重复这个看似简单，实则烦冗的过程。每日漫长的劳作，没有疲累之感，反觉美妙轻快。因为我剥出的莲子可以拿去集市卖钱，攒在绣花手帕里的厚厚一沓零钞，是对一个小女孩辛勤劳作的奖赏。

那时，父亲在乡村开了一间小小的药铺，除了卖药，他还是个背着药箱走街串巷的郎中。父亲说，莲子具有很大的药用价值。夏日的庭院里摆满了大小各式的竹匾，里面铺晒着莲叶、荷花、莲子和莲心。李时珍亦在《本草纲目》中写道："莲之味甘，气温而性啬，禀清芳之气，得稼穑之味，乃脾之果也。"

采回的莲叶，趁着新鲜，可以煮荷叶粥；晒干后，亦可制茶，用来清火安神；外婆时常用莲叶蒸鸡、蒸饭，做出许多美味清香的佳肴。翠绿的莲心，可入药，有补脾、益肺、养心之功效。粉嫩、洁白的荷花不仅可以插瓶，芬芳于室，亦可制作花茶，养颜美肤。莲的地下茎——莲藕，可煮汤；磨成粉后，调成糊羹，长期食用，可益寿延年。

莲的妙处，难以言说。南朝《西洲曲》中写道："采莲南塘秋，莲花过人头。低头弄莲子，莲子青如水。"古人借莲来传达情意，诉说相思。他们的爱情，一如莲荷般清纯忠贞，纤尘不染。

爱莲的周敦颐，曾说莲"出淤泥而不染，濯清涟而不妖"。

微风细雨中，几茎荷花，亭亭玉立，风姿绰约。清雅的芬芳，洁净飘逸，耐人寻味。后来，他在烟水亭畔，爱莲池中，种满了莲花。不仅用来观赏，亦采之装点案几，煮茗食用。

莲是隐士，亦为佳人，还是普度众生的修行者。它落红尘却不世故，不管置身何地，总处乱不惊。无论是隐居在山野乡村，还是种植于庭台水榭，或是生长于放生池中，它姿态端雅，气质从容，不以岁减，不以物移。

纵使有一天，莲落叶枯，它亦有不可抵挡的风流韵致。李商隐有诗吟："秋阴不散霜飞晚，留得枯荷听雨声。"想那寂寥秋深、万木萧索之时，池中的莲亦随了季节的更替，残败凋零。枯萎的荷梗，随意散落于池塘里，不事雕饰，也无须人去打理。秋雨缠绵之夜，静坐小窗，听雨打残荷，寥落、孤独，也风雅。

那番情境，我曾亲历。窗下幽灯，读一卷《红楼梦》，感受林黛玉所说的话，这个孤僻诗情的女子，亦喜爱雨打残荷的凄清。那时的我，也不再是当年那个划着小舟采摘莲蓬的小女孩。我被放逐于都市，读着宋词，采折夏日新荷，置于书案，装点年华。

　　每每回家之时，总爱坐在旧时庭院，和外婆一起静剥莲子。以往灵巧娴熟的双手，如今竟有些笨拙。外婆的手因为长期劳作，生了老茧，她怕弄脏我白细的手，让我坐于身旁听她叙说家常。从黄昏到日暮，透过天井还可以看到繁星数点，以及清澈如水的月亮。

　　母亲炖煮的红枣莲子汤，更是百吃不厌。莲子亦成了那个清贫年代最滋补的食材。窗台上，两三枝枯萎的旧色莲蓬，几经风尘世事，依旧那么从容淡泊。每年夏至，我亦不更换新枝，免它遭受岁月轮回。它倒也安心，静养瓶中，泰然自处。

　　外婆说，莲花洁净，有佛缘。佛陀，修行之人，静坐于莲花座上，淡看世间荣辱。一旦入了境界，心若莲花，不染尘埃。也因这，我从此对莲花多了一分敬畏和珍爱之心。曾在佛前许过诺言：愿来生化身莲花，听禅说道。

　　外婆一生茹素，诚心向佛，唯愿此生平安喜乐。她所种下的善因，自当有果报。又或许，人存在于世间，为的是一份心安理得，结局如何，已不重要。

　　多年前，读过一篇美文。"我是佛前的一朵青莲，沐浴着清幽的梵唱，静静地微绽在忘忧河上。几乎静止的河水清澈明晰。佛说，忘忧河映射出的，便是人世间的喜怒哀乐……"后来听说，写这篇文字的女子早已离世，走的时候年仅十九岁。

想来，她已然化作佛前那朵青莲，绽放在忘忧河上，听风，看雨，醉月。若真是这般，亦无须为之惋惜。只需记得，她曾经来到人间，尝过爱恨，留下一篇美丽的文章。而我们打佛前经过，在放生池中，为一朵青莲停留片刻，想起有过这么一个女子，便好。

我与莲，必定缘定三生，所以从不担心会与之疏离。也许有一天，我可以归隐田园，在人迹罕至的地方，挖池种莲。待到满池荷花绽放，我依旧乘舟采摘，在月光下，在廊角处，听微风轻诉着儿时的过往。

记忆如流，当年那个低眉剥莲子的小女孩，不知去了何处。外婆和母亲，想必亦不在人间，岁月既是如此无情，当初又何必无私地给予那么多的美丽。人生百年，沧海一瞬，来来去去，如何做得了主。

我已老。莲荷正当时。

栀
子

　　烟雨江南，山水如画，来过的人，一旦入境，此生便再也无法离开。昨日烟雨出行，丛林繁盛，十里荷花，烟波舟楫，如至梦中。万物大美无言，我本清淡之人，然对山水花木的情感，却深邃沉静。

　　雨后窗台，芬芳逼人，茉莉、栀子、荷花皆已绽放清雅的花朵。我爱茉莉，爱荷花，亦爱栀子。花木的洁净，能在瞬间平复你百转千回的内心。多少个寂寥雨夜，独自于灯下写字，是它们伴我长宁，慰我心安。

　　栀子与茉莉相似，一袭白衣，雪色华年，开在盛暑，清凉如水。栀子从冬季开始孕育花苞，直至夏日方能绽放，花期久远。许多人不知道，那看似不经意的绽放，却经历了漫长的等待与坚持。采一朵栀子簪头，愿人生若栀子，平淡持久，美丽脱俗。

江南一带的小巷弄堂，时见提篮老妪，穿了茉莉、栀子和白兰花叫卖。"栀子花——白兰花——"叫卖之声，穿越悠悠老巷，将你带回那段旧时光。自家窗台虽种了花木，每日亦可采摘一青花碗。可只要途径街巷，依旧会买上一串，簪于衣襟或发髻，心中放不下的，始终是往日情怀。

幼时于村落，栀子花长在山野路旁，路人皆可采之。而我时常挎着竹篮，邀了同伴去山间采摘。含着雨露的栀子，吸取其花尾的汁液，洁净清甜。摘回的栀子，可以穿了佩戴，亦可放白糖或蜂蜜腌制，每日取部分泡茶，可治嗽疾。

父亲告诉我，栀子叶亦可摘回，泡茶饮用，有降血压之功效。栀子的果实，呈椭圆状，果皮薄而脆，内外皆为红黄色。浸入水中，可把水染成鲜黄，味淡微酸，有清热凉血之效。栀子的果实成熟之季，村人便去采摘，卖与家里的药铺，父亲配在药方里，济世救人。

喜爱栀子，不仅因了它为良药，更爱它素洁一身和淡雅绝俗的芬芳。它与茉莉不同，茉莉宜植庭院，每日晨起采摘，繁花似雪；而栀子似乎更喜山间，爱山风雨露的滋润，多了一份清冷与高洁。宋代杨万里有诗："树恰人来短，花将雪样看。孤姿妍外净，幽馥暑中寒。有几簪瓶子，无风忽鼻端。如何山谷老，只为赋山矾。"

幽兰和栀子亦不同，虽为山谷客，兰清丽不争，宜观赏，不忍采摘。栀子则惹人爱怜，愿采回餐食、佩戴，与之肌肤相亲。栀子花还可采回插瓶，置于案几，芬芳弥漫，满室生香，令人于盛暑中有了凉意。月影幽窗下，别有一番意境，醉人心怀。

唐人王建有诗："雨里鸡鸣一两家，竹溪村路板桥斜。妇姑相唤浴蚕去，闲着中庭栀子花。"多雨江南，竹溪小桥，村妇相唤而行，冒雨浴蚕，唯有栀子花悠然无事，闲逸于庭院深处，离尘超凡。看似简洁朴素的诗，却写出山村的神韵，农事繁忙之时，更添了乡村喜气。

每年采桑、采茶或收割之季，各家各户的老迈年幼之人，亦要随行忙碌。原本静谧的山村，有了天然繁盛之景象。我亦随了大人一同忙着农事，披蓑戴笠，细雨山峦，烟雾缭绕，几番诗意，耐人寻味。

　　母亲去溪畔洗衣，我于路边采栀子。她于灶前烹煮菜肴，我于灶下生火添柴。母亲去菜园拔草施水，我采莲制药。她摘茶炒茶，我挑拣嫩芽。纵是清贫辛苦，时光依旧简静平和。那种用劳动所换取的充实生活，令人心生敬佩。也许不能过上锦绣富足的日子，粗茶淡饭，亦可慰藉平生。

　　檐下听雨，泡壶栀子茶，享受片刻闲静光阴。庭中栀子，洁白如雪，瓶中栀子，淡雅清香。寻常农人并不知栀子早在汉代已是名花，更不知栀子曾受过隆重的礼遇，它的高贵，不输于别的奇花异草。烟雨中，月光下，仙姿摇曳，美不胜收。

　　我爱极了山野民间不受世事束缚的豁达明净。朴素的生活，一如栀子，不曾风华绝代，却年年岁岁，细水长流。母亲是菩萨心肠，不信佛，却信因果。她教会我良善简静，一生节俭自己，救人于急难。外婆亦是慷慨有礼义，客往客来，皆是诚心相待，厨房里柴火烧旺，炊烟在庭前房舍缭绕。

　　昨日的平凡烟火归于沧海。此时乡村的栀子花早已开遍山野，只是再无人有兴致提篮去采摘。小桥流水，烟雨如画，带着远意，亦令人内心怅然。碌碌凡尘，诸多诱惑，诸多不如意，如何才能做到当初的洁净从容。浩荡人事，不复往昔简约，他们远离家园故土，拥有了华丽现世，却永远丢失了山花朗月的生活。

而我已是风雨归来，铅华洗尽，却再也找不到旧时人家。闲暇之日，唯有去花市买来几盆栀子、茉莉，养于窗台，小小盆景丰盈了岁月。再从书卷中，吟咏几阕诗词，寄寓情怀。倦累之时，栀子的淡淡芳香，透过幽窗，沁入心骨，顿觉人世安定，栀子与我竟是如此亲和。

晨起时，换上一袭洁净的旗袍。打开镜奁，梳一个简洁发髻，栀子簪头，美丽了一天的心情。栀子花满足了一个寻常女子微涩的心事，外界纵是纷繁动乱，亦不受干扰。许多时候，为避尘嚣，宁可错过世间万千风景，而与一株花草共话月明。

书中云，栀子花与禅佛相关，故有人称之为花中禅客、禅友。修禅之人，日子更为简朴，一桌一椅，一茶一饭，已然称心。窗台、室内，种植几盆花木，养了性情。世间千红百媚，关于门外，视而不见。

宋时才女朱淑真吟栀子："一痕春寄小峰峦，薝葡香清水影

寒。玉质自然无暑意，更宜移就月中看。"都叹红颜薄命，她本
生于仕宦之家，相传因嫁与一个不爱的男人，终抑郁早逝，辜负
了惊世才华。那些个孤独夜晚，亦只是庭院花木做伴，解她诗情
词意。一位天资聪颖、性灵钟慧之女子，如何甘愿与一庸夫度过
一生。万般心事，皆付《断肠集》中，唯有一株水栀子，伴其
泉下。

再美的华年，亦经不起光阴相催。红颜若栀子，清雅绝尘，
摇曳独立，奈何红颜易老，而栀子凋零后尚有来年可寄。如有来
世可求，谁人不愿做一株凡尘中的栀子，洁白一身，静立风中，
成为世间一道顾盼悠悠的风景。

它是禅客，给修行人明净空灵；它为良药，悬壶济世，造化
众生；它亦是美人，惊艳了时光，温柔了岁月。

桂花

柳永有词吟："有三秋桂子，十里荷花。"写的是江南钱塘繁华之地，烟柳画桥，水乡人家。我爱它风流婉转，千百年来不落劫数，山河雅逸，风日无猜。丰山瘦水都解风情，晴光雨色皆是言语。

清秋时节，桂花飘香，庭院里、山野中、丛林街巷漫溢着桂子幽香。桂花清香绝尘，花草中它之芬芳最胜，缥缈之味，似在眼前，实则遥远。苍藓凉阶，落花满径，把酒吃蟹，月下赏桂，是雅士，亦是清客。

《红楼梦》里不乏清秋赏桂、饮酒、咏菊之景。第一回中，甄士隐邀寄身于庙中的穷儒贾雨村至府中做客。时逢中秋，明月弦歌，二人浅斟慢饮，吟诗赏月，风雅不尽。

第三十八回里，湘云请贾母等人园中赏桂吃蟹，凤姐早已安排设宴藕香榭。"藕香榭已经摆下了，那山坡下两棵桂花开的又好，河里水又碧清，坐在河当中亭子上，岂不敞亮。看着水，眼也清亮。"亦是这日，林潇湘魁夺菊花诗，薛蘅芜讽和螃蟹咏。

等闲光阴易逝，大观园的春秋如水上云烟，转瞬即消。人生一世，数载风尘，我怜黛玉咏絮才情，风流韵致，今朝尚在庭园折桂，吟诗结社，明日焚稿断痴，花落人亡。黛玉如此，十二金钗如此，世事红颜亦如此。春风秋水，看似千娇百媚，温柔端庄，实则皆是无情之物。然只要心中宽敞闲静，自可清明从容。

儿时总听外婆说，曾外祖父是个读书人，一生守着丰盛的祖业，闲雅度日。虽居乡野村落，祖上却修了庭园楼阁，不算富丽，却也精巧。无事弄些花草，喝茶听戏，摆弄瓷器，赏玩美玉。庭园里百花皆种，而桂花和玉兰则是大户人家的主角，意寓金玉满堂。

夏日里亭池赏荷，玉簟生凉。时值清秋，金黄的桂花盈满枝头，香飘满院，直至散到数里之外。曾外祖母携着外婆，提上篮子，折桂采蕊。满满的一竹匾，赏心悦目，只觉世上凡是美好之物，皆是情深。灵巧的曾外祖母，用这些芬芳的桂子调制桂花油、桂花浸膏，酿上好几坛桂花酒，做几盘精致的糕点。

曾外祖父是个好客之人，时常邀上三五志同道合的乡儒入园赏桂。静谧乡村，明月清影，饮几盏桂花佳酿，吃着农家打捞的螃蟹，自在开怀。兴起时亦学雅士，吟诗对句，虽平仄有误，亦不拘泥。曾外祖母则在窗下挑灯绣花，等着宴罢客走，收拾散席。

多年后情景重现，所在之地则是竹源陋室。旧园不在，被动荡的乱世摧毁成断壁颓垣。二老双双亡故，外婆亦从当日的小女孩，成了几世同堂的祖母。外公在后院开垦了荒地，修了篱笆，种植几树桂花，此为外婆心愿。外公乃贫农之家，筑不了庭园水榭，不过是几间泥瓦平房，仅为一家人遮风挡雨。

清朝时祖上亦有高中的举人进士，后来落魄乡野，做了渔樵耕夫。外婆遗传了曾外祖母的灵巧贤惠，对茉莉一往情深，于桂子亦是万般情浓。她摘桂酿酒，亲制糕点，外公供酒待客，执风赏月。一生相敬如宾，不曾红脸，将简约清苦的日子，过得典雅浪漫，有情有义。

"亭亭岩下桂，岁晚独芬芳。叶密千层绿，花开万点黄。"
那时间，村里有院落的人家皆种桂植菊，已成风尚，给单调的乡
间生活添了几许幽情和愉悦。人间花木，看似无情，实则有心，
在属于自己的季节里各吐其芬，各舒其韵。世事人情不争闹，桃
李春风自主张。

鸿雁秋水，柳岸系舟，芳草斜阳，兰风桂露。居山野乡村，
不见车水马龙；市井繁华，却得赏四时花木，山水风光。儿时采
摘桂花，既无诗情，亦不懂风雅，只觉花香袭人，美艳无比。

家家户户于院中晒桂花，用蜂蜜腌制桂花酱，储存些时日，
做甜品时放入几勺，香甜可口。桂花酿制的酒，呈金黄色，味道
清甜，香气浓郁。素日里百姓人家不舍得饮用，留待客至或节日
方肯开坛。乡村月夜，薄弱的煤油灯下，亲朋相聚，推杯换盏，
浓浓情意，令人感动。

每至中秋，母亲会带我到村里的小店买节日的月饼和果点。
记忆中，我最喜爱的是杨梅酥和桂花糕。夜宴散去，便端了桌
椅，一家人于庭前赏月。摆放好糕点，冲一壶桂花茶，团圆之

夜，月色比起平日，竟又是一种风流。

隔壁的珍儿总说月亮里看得到人影，而我亦对着明月深情地仰望，似乎真的看见山川树木，人影婆娑。书上说吴刚每日辛勤伐桂。可千万年过去，那株桂树依然如故，每逢中秋，馨香迷人。月宫里的嫦娥，这日是否会私动凡心，与他共饮一盏桂花酒，相看无言？

后来，我来到江南吴地，清秋时节，便独自去园林赏桂。秋阳午后，坐于茶馆的长廊下，点上一壶茶，摘点丹桂，泡入茶中，芬芳四溢。这座城市，早已浸润于桂香中，过往的行人，如在梦里，不愿苏醒。它含蓄风情，不争不扰，浓得有韵，淡得清远。

青石小径，落花缤纷，闲庭漫步，不忍踏之。行至幽致处，见花落如被，便细心拾取，装入布囊中，带回家洗净晾干。我亦学到外婆的手艺，会做桂花酱、酿桂花酒。素日煮了甜点，撒上一些桂花，顿觉寻常食物亦生了蜜意柔情。

朱淑真有诗："弹压西风擅众芳，十分秋色为君忙。一枝淡贮书窗下，人与花心各自香。"这位与李清照齐名的才女，却没有像她那般遇得一位志气相投的良人。相传朱淑真嫁与一个不解风情的商人，一生郁郁寡欢，万般心事，无从言说。草木有灵，知她情意，诗书有心，护她周全。

"江南忆，最忆是杭州。山寺月中寻桂子，郡亭枕上看潮头。何日更重游？"历代文人墨客对杭州桂子吟咏无数，而唐时白居易的《忆江南》读罢令人魂牵梦萦。千年老城，桂子落入西湖清波里、古刹中，怡人的清香耐人追忆。几位僧客坐于园中，品茶赏桂，说禅论道。

多少人寻梦江南，只为了却今生那个温柔的心愿。而今我寄身江南，看惯翠柳繁花，赏遍清风明月，已是心意阑珊。唯有旧时光阴，总在梦里徘徊，挥之不去。

我心所愿，回到当年村落，于凉月清秋，做一个摘桂的妇人。我自是寻到一位心意相通的村夫，陪我花前月下，静读《红楼梦》。庭前石桌上，共酿几坛桂花酒，唯愿此生，长相守，不分离。

浮
萍

    不知道从何时开始，我患上一种病，病的名字叫黄昏。这些年，每至黄昏，无论阴晴雨雪，心中总会莫名地恐慌。我在惧怕什么？是对未知明天的迷惘，是对漂萍人生的厌倦，抑或是对如流光阴的无奈？

    人生如寄，缥缈若萍，初遇情真，携手走过几程山水，竟再也寻不回纯净的当年。云聚萍散，世事无常，万物山河不曾转换容颜，是我们在仓促老去。那么多的曾经来不及回忆，那么多的故事来不及续写，还有那么多的人，来不及好好地遗忘。

    朋友说，她儿时最唯美的景致，就是祖母拉着她的小手，跨过木门槛，走在清晨的乡村里。沿途有露水，有白雾，有晨起的余晖。要是一直那样多好，故人都在，一切美丽如画，一切清澈如水。

那个叫竹源的小村落，亦曾有过一帘相似的风景。母亲拉着我的小手，走在斜阳小道上，她手腕挎的篮子里，装着新捞的浮萍，还有一些绿菱角。远处山峦层叠起伏，近处水田聚散有致。洁净的风，清淡的云，潺潺溪流，几丛芦花，来往行人踏着彩霞，缓缓归去。

长大后，我做了那个采萍的女孩。临水采萍，无关诗意风雅，打捞的浮萍装回家，母亲用来饲养小猪。木栅栏里，长年养着几头猪，到了年底便有镇上的屠夫上门购买。各家各户卖了自家精心喂养一年的猪，换了钱用来置办年货，添置冬衣。余下的那份，留做来年小孩的学费，以及春天重新购买小猪的本钱。

还记得，每当屠夫从圈里将猪买走，母亲总有那么几日神情冷淡，寝食不安。一年的时光，它虽为牲畜，亦有与人相通的情感。

素日里，时常听到母亲对着猪絮叨，有时猪不听话，太过顽劣，母亲甚至还会打骂它。若猪乖巧吃食，母亲亦会温柔待之，或是奖赏其新鲜瓜果蔬菜。后来他们的相处，有了旁人不可意会的默契。我总在一旁观看，从当初的不屑一顾，到后来心生感动。而母亲亦从青丝红颜，到后来华发早生。

年复一年，养猪并不能给生活带来富裕，只是补贴家用。乡村的日子，永远清淡如水，温饱即安。母亲白日多半在菜园打理各式蔬菜瓜苗。而我趁放学之余，便邀上几个伙伴，提上竹篮去采摘野菜，或打捞浮萍。

萍，水草也。浮生水面，叶子青翠，生白花。浮萍无根，聚散无依，此一生不可主宰自己的命运。而我后来数年如漂萍转蓬，亦是有了某种前因。母亲说，遇草木茵茵之时，当采摘时新野菜，喂养牲畜。若时间紧迫，则取竹竿，去自家池塘打捞浮萍。可见，萍在乡村，实属寻常之物，随处可见，人可捞之。

她叫萍，时常与我一同打捞浮萍。年长我三岁，却通晓世态人情。虽为乡间女孩，但自小爱读诗词，纯真浪漫。我与她惺惺相惜，去山间砍过柴，摘过野花，采过莲，捞过萍。亦同榻而眠，灯下读《红楼梦》，听雨聊天。那些悠长的时光，成了如今最美的回忆。

　　她说她将来要当个诗人，过上唐诗宋词里雅致的生活。我说我只想做个简单平凡的人，一生踏实安稳。后来，她学业未成就独自背着行囊去了远方，似浮萍一样居无定所。在外地和一个庸常的男子相恋，远嫁他乡。而我却接受了命运的流转，落于江南烟水之地，与文字相伴。

　　我与萍十数载不曾相见，亦不敢打听她的消息，只依靠儿时记忆，想象她的模样。不承想旧年春节于路口重逢，彼此相见无言，仅是一个微笑便转身离去。多年光景，岁月没有偏心，在我们的容颜上刻下了沧桑的痕迹。我从她的眼神里看到了太多现世的疲倦，不禁心生感伤。

　　母亲说，萍嫁至远方，生了一双儿女，日子清俭安然。而我的生活虽诗情画意，闲雅自在，却始终若漂萍孤身一人。人生真的好讽刺，你所追寻的梦想，总会与之背离。完美是一种奢侈，唯有缺憾，方给得起我们想要的永远。我与她之情谊，有如萍水，来去由心，聚散随缘。

　　杜甫有诗吟："相看万里外，同是一浮萍。"苍茫人世，皆为漂萍旅雁，何曾有过真正的安稳。那些携手人间的伴侣、亲人，最后都丢了音讯，唯有影子与自己相依，无法割舍。从此我对浮萍有了更深的情感，都是天涯倦客，归路却难相同。

外婆告诉过我，在那个动荡年代，浮萍曾解过许多人的饥饿。村里的妇人、小孩去池塘捞萍，摸田螺，采菱。这些都是大自然的馈赠，无须用钱财购买。回来后，各户人家洗净浮萍，切碎，再挑出新鲜螺肉，拌上一些米粉作料，上锅蒸熟，最能饱腹。或煮上一大盘菱角，家人围坐一起，甘之如饴。

依稀记得，母亲为了感受过往那段清苦的生活，用浮萍和田螺肉拌着米粉清蒸。尽管她用上了各式作料，却再也尝不出当年那般滋味。或许有朝一日萍草又会作为一道美食，流散在百姓人家的餐桌上。而我早已学会了将清苦，视作甘甜；将往事，写成回忆。

浮萍是药，性寒，有清热解毒之功效。每年夏末秋初，父亲会采捞一些浮萍，除去杂质，晒在竹匾里，当作一味药材。若遇风热丹毒，可用浮萍煎水浸洗，亦可研成粉末，敷之。父亲还用蜂蜜做过浮萍丸子，用来消渴解虚热之症。

"浮萍漂泊本无根，天涯游子君莫问。"这让我想起了那个仗剑江湖的李白，纵算生于大唐盛世，满腹诗文，亦如浮萍来去无根。我们都是天涯游子，奔波于浮生乱世，不知成败，不知归程。与其费尽一生争夺输赢，不如安心做一株浮萍，随波逐流，随遇而安。

如今，那座荒废的小院已无人烟。木栅栏的猪圈被岁月折损，不见初时模样，只能在回忆里寻找旧时繁闹的情景。乡村池塘的浮萍肆意疯长，来往路人再不会为之停驻步履。它的存在，是顺应自然，是一道可有可无的风景。

乘舟采萍的女孩，仓促间老去。廿年光阴，恍若一梦，人生还有多少个春秋禁得起消磨。东坡居士有词云："晓来雨过，遗踪何在？一池萍碎。春色三分：二分尘土，一分流水。"

萍，是意境，亦是过往。

卷二 ◎ 结庐在人境，而无车马喧

—— 相逢如初见 —— 回首是一生 ——

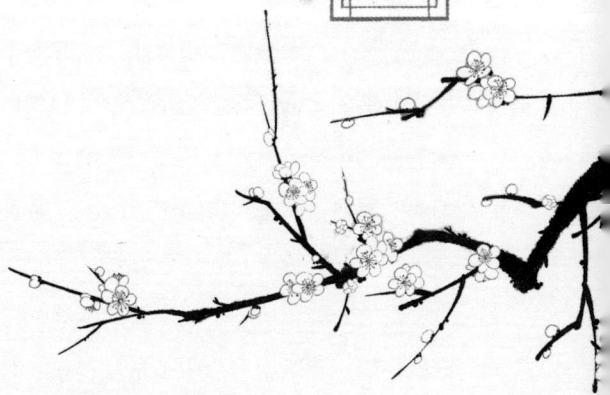

竹
源

那是个古老的南方小村庄，它有一个美丽的名字——竹源。村庄居群山之间，绿水之滨，翠竹隐隐，四季常青。那条悠长蜿蜒的乡间小径，行走过荷锄归来的农夫、骑牛吹笛的牧童、池塘浣衣的村妇、孤舟江雪的钓翁，还有提篮摘菜的老妪。

我的外婆，从一个叫香塘的村落，嫁到了竹源。一位殷实的富家小姐，下嫁给一户中下贫民，在当时并非传奇故事。对外婆来说，她的出嫁，不过是命运一次简单的迁徙。外公虽然家境清寒，带给外婆的却是一生的安稳和幸福。

嫁给外公的第二天，外婆褪下了锦缎旗袍，从此穿着平凡村妇的简衫。外婆说，外公也穿过长衫，那是去城里赶集时的衣着，素日里穿的皆是马褂。后来，她把旗袍和长衫锁进了陪嫁的樟木箱里，当作青春的回忆。任凭岁月爬满双肩，过往的恩情，一如当年，被永久珍藏。

那条乡间小径，也是我去外婆家的必经之路。儿时居住的乡村，与竹源仅隔了几里山路。看似简短的路程，沿途尽现美丽的自然风光。山花夹径，翠鸟栖枝，转角路口更是别有洞天。星罗棋布的稻田，随处可见散养在外的水牛和家禽。过石桥，于溪流泉涧边停留片刻，总不忘摘一束野花，装点陶罐。

逢年过节或寒暑假，去外婆家成了幼年最快乐的时光。记忆中的外婆，已是佳人迟暮，丝毫看不出她年轻时的风华。常穿一件蓝色斜襟盘扣的上衣，戴一顶黑色的丝绒帽子，帽子的右边绣着一朵小花。外婆身材瘦小，面容慈祥，她用那双布满皱纹的双手，给我做了许多美食，充实了那段瘦瘠的岁月。

后来表姐跟我说，在竹源小舅家的日子，应该是外婆此生最开心的时光。外婆生下小舅已四十出头，直到小舅成家立业，彼此亦不曾分开。外婆自从嫁至竹源，勤俭持家，送走翁姑之后，与小舅一同生活，大小事务全由她做主。朴实的农人，用勤劳智慧的双手，创造了一番富饶的场景。他们守着美丽的家园，过着幸福安稳的生活。

家里杀猪宰鸡，或是地里收了新鲜瓜果之类的，母亲总让我和哥哥拎着竹篮，走几里山路送去外婆家。田地里，水塘边，小道上，散落着耕种行走的农夫浣女。当时只觉世上人家竟是那般繁华，丝毫没有偏远村庄的清冷之感。而我更想象不到，有一天，我会远离这条山径，迷失在异乡的街头，茫然无措。

外婆系一条素布围裙，立于灶前，做几道农家小菜。青椒炒肉片、粉炸小河鱼、茉莉花炒鸡蛋，是对儿时美食最纯真的回味。柴火烧得喜乐，伴随煎炒之声，响彻四壁。炊烟飘过黛瓦，袅于庭前，直至散漫了整个村庄。这就是平凡的烟火人家，连燕子亦不舍得丢下旧巢，它们和檐下的蜘蛛做伴，看流水华年，光阴往来。

打理好厨房的一切，外婆才会坐下来，给自己斟一杯合欢花或桂花浸的酒，细细品尝。庭院的小竹桌上，早已摆放了各式点心，杨梅酥、兰花根、桂花糕；还有一壶自制的山中野茶。庭前的枣树结满了果实，葡萄架下拂过乡间淡泊的清风。耳畔有外婆的喃喃絮语，她总是在重复过往的故事，而我亦百听不厌。

直至日暮西斜，晚照催急，亦无归家之意。盼着假期，住了下来，安享着与外婆同榻而眠的快乐时光。如水月夜，案几上一盏煤油灯，外婆坐于灯下缝补旧衫。我斜倚在她出嫁时的那张雕花古床上，看着她一针一线地织补日子，思绪竟有了漫漫远意。人世风景可以这般俭约，门外的犬吠声也随之安定。

在外婆的哄拍中缓缓睡去，以为可以过到地老天荒。梦里却生了伤情：我在韶华之时，独自背着行囊，走过乡间古道，闯荡江湖去了。后来此梦成真，我被岁月放逐，去寻找江南的另一种风光——那个杏花烟雨的江南，诗人词客的江南，风景如画的江南。只是，从此与朴素的日子渐行渐远。

夜长人静，屋后满池的睡莲，在月光下徐徐舒展。直至阳光透过珠帘，洒落窗棂，方见着外婆于镜前梳理头发。小小的妆奁里，有许多精致的银饰，只觉外婆的人生，亦如这妆奁，华丽深藏。后来这些银饰交付给了母亲，母亲又转托于我，它们随我天涯迁徙，落得流离失散，所剩无几。

风静日闲，外婆在庭院择菜剥笋，我于花圃扑蝶嬉戏。门外的村落路亭、柳溪梅畔，皆在日光蝉声里。世上万物皆具灵性，无一不好。曾经一度以为，外婆的一生，会如静水长天，永无止境。她的生命，亦在我们身上，长出了繁盛的枝叶。

所以我可以固执地飘荡在异乡，做一个安然的游子。始信每年回归故里，外婆依然健在如初，或在门前和邻舍闲说家常，或在桌畔绣花缝衫，或于藤椅上静心养神。我知道，她会随时光慢慢老去，却一直会在。

每次回家，我珍惜着与外婆相处的简短日子。和往常一样，泡一壶茶，装几碟糕点，说说她的过去、我的现在，还有未知的将来。我告诉她我对文字的喜爱，以及对故乡草木山石的情怀。我甚至给她念诗读词，不识字的外婆竟也喜欢诗中意境，说唐代那个叫王维写的诗，像是一幅水墨画，恬淡安静。

"空山新雨后，天气晚来秋。明月松间照，清泉石上流。竹喧归浣女，莲动下渔舟。随意春芳歇，王孙自可留。"曾经外婆是那竹林的浣女，如今的我，则是徜徉在秋天的过客。人生萍水，聚散匆匆，外婆无数次站在离别的路口，目送我远行。我从没有勇气回头去看她不舍的目光，害怕深邃的情感，会穿透薄弱的背影，直抵忧伤的心灵。

世事喧嚷，人生徙转，阴晴不可预测。外婆在旧年冬天的一个早晨悄然辞世，那时的我，还在这座古城里煮茶听雪。临回乡的日子仅差一周，外婆却不再等我。那一日，只觉天地荒芜，人世的生离死别，割心裂肺，胜过一切悲痛。

独自在啼泣声中慢慢睡去，外婆的魂魄竟未能入梦来。我心有愧，没有赶回去送她，只在佛前，为她点亮一盏油灯，愿她在归去的路上，步步生莲。生命飘忽无常，一个人最终得以投宿于故土，亦是福报。

只写了一段简短的悼亡词，词的内容是这样的："外婆承诺过我，她去了那个世界，会托梦告诉我，那里是什么模样。我曾谎骗她，说人死去会有灵魂，有一天，她和英年早逝的小舅，还有外公一定可以在天上重逢。外婆一生茹素行善，这个微小的心愿，而今已然成全。生者百岁，相去几何，欢乐苦短，忧愁实多。何如尊酒，日往烟萝。外婆，我祝福你。"

我再次行走在那条乡间小路时，是去外婆的坟前。暖日和风，南方的村庄已有春意，几树野梅孤独绽放，与世不争。翠竹山上，多了一座新坟，而黄土下面，躺着的则是外婆的一抔骨灰。人生这样无奈酸楚，一旦辞别，竟是永远。

母亲说，外婆死时已无牵挂，叫我莫要多生悲戚。外婆以九十四岁的高龄老去，也算是寿终内寝，算是有情有义。此次离别，再来时又不知是何日，唯有坟前的草木，可以伴她长宁。

记得外婆生前有愿，死后让母亲买上等丝绵将之裹身安葬，来世投胎，必是肌肤胜雪，绝世美人，惊艳于三生石畔，令人爱慕。倘若山水有灵，了她心愿，做一株她最爱的茉莉，冰雪为骨，清雅洁尘。守着这个叫竹源的村落，看天地悠悠，过客往来。

目
送

　　江淹的《别赋》里曾写道："黯然销魂者，唯别而已矣。"仅此一句，道出了千古离情别绪。人生一世，来去匆匆，每天都在演绎聚散离合。再华美的花事、繁盛的筵席，都有散场的那一天。不同的，亦不过是早晚而已。

　　李叔同在《送别》一词中写道："天之涯，地之角，知交半零落。一觚浊酒尽余欢，今宵别梦寒。"所以他在经历人生诸多悲欢之后，选择皈依禅门，获得无上清凉。从此谢绝奢华，一切从简。世间爱恨离合，犹如梦中之事，再无牵怀。

　　这一生，我惧怕的，亦是离别。每次背着行囊，回到千里之外的故土，总有近乡情怯之感。光阴如流水，冲淡了过往痕迹，却冲不散维系一生的亲情。带着远行的风尘，见到年迈的父母，是我多年以来最不忍心面对之事。

聚时短暂，而后则是漫长的离别。日久年深，重复着这个离合过程，我从当年一个爱做梦的女孩，到如今年华老去。岁月是生命里最好的恩师，它让我洗尽铅华，藏起锋芒，学会了隐忍、宽容、退让和圆通。亦懂得了涵容待人，淡然处世。

我知道，我与父母的缘分，注定了只有那么多年，见一次，则少一次。明知如此，亦不愿用更多的时间去承欢膝下。自私地以为，千里不过咫尺，常聚亦只是频添烦恼。我总想着，做一缕漂泊的风、自在的云，没有挂碍，来去无心。不必为谁停住脚步，更无须为谁更改波澜。

行尽江南，竟不知归去何处，归依何方。陌上莺啼，斜阳古树，梦影依稀，一切还是旧时模样。故山隐隐，烟雾萦绕的村庄，一如当初的绿芜庭院，乌衣老巷。外婆坐于门前的石凳上，穿着茉莉，指间戴着一枚黄金镶嵌翡翠的戒指，镂空的花饰，古老明净。曾经的她，是一位纤弱的大家闺秀，含蓄典雅，如今在迟暮的风中，多了一份从容的忧伤。

发髻上，插一支古朴的银簪，不施脂粉，一如她简单纯粹的一生。来往的小女孩，手上皆戴一串茉莉花，巧笑嫣然。古意的青瓷杯里，泡了几朵茉莉，在水中素净无求。平凡妇人的日子，简约安宁，不知浮名，不问前程。每日对镜理红装，洗手做羹汤，家人安康，日子平顺，是最大的幸福。

这些年，我回家最心急之事，便是探望外婆。外婆八旬之时，还在厨房炒菜，辣椒鸡蛋的香味飘得甚远，熟悉如昨。坐下来，一碗白米饭，几盘家常小菜，有种尘埃落定的归属与安心。而后的整个下午，我与外婆闲坐庭前，喝茶聊天。几碟自制的点心，腌制的干菜，无论我走得有多远，家乡的味道，为世间美食所不可替代的。

我陪外婆挑拣竹匾里的绿豆，看着她苍老的手被时间雕刻，心生感伤。她用这双手，为我们做出许多美食、缝补衣裳，那些温柔的皱纹尽是流年过往。炉火里清炖着邻家猎户送的野兔，外婆一生茹素，却愿意为我们烹煮野味。后院的南瓜开花了，表弟摘回一些南瓜藤和黄花，我与外婆撕去青藤的外皮，给晚饭增添新味。

外婆一过九旬，便仓促老去。每次我跋山涉水赶回故乡，她都静躺在卧室的摇椅上。我的归来，令她万分惊喜，执意支撑着老迈的身子，为我泡茶装点心。而后，我们围坐一起，烤火喝茶，安享着相聚的快乐。她知我一个女子孤身在外的不易与悲凉，每至心伤处，不免落泪。

外婆今生的眼泪都给了早逝的小舅，那种天人相隔的悲痛，令她撕心裂肺。时间久了，她竟连眼泪也流不出来，几番思量，只是哽咽无言。她说，他们的相见之期越发近了，却怕到了另一个世界彼此擦肩而过。又或许，他们母子一场的缘分只有一世，来生他们纵算重逢，亦只是陌路。

短短几日相聚，来不及好好共话，我又踏上远行的列车。善感的母亲一夜忧思不眠，晨起煮好了参汤，为的是让我有足够的精力去抵挡千里风尘。未曾道别，已是泪落不止，外婆在一旁叮嘱，劝慰母亲在我面前多加隐忍，莫给行途增添悲伤。母亲肝肠寸断，人世竟有这般难以割舍的恩情。

我深晓母亲的担忧，自十几岁起，我便为了求学远别家乡。之后一直独自漂泊天涯，尝尽冷暖，不曾有过真正的安定。她期盼着，我可以早日寻到一个值得依附的人，让他承担风雨。岂不知，缘分三生有定，那个人终归会来，只是有些迟。

父母之心，有如日月，他们对子女的爱，伴随着生命，至死不改。每一次，那双目送我背影的眼神，如同刀刃，揪心刻骨。我不敢回头，怕自己看着他们两鬓的白发，再不忍心迈动步履。原本一直假装无情的我，被时间慢慢褪去了面纱，对着养育我数年的双亲，再也无法从容自若。

曾几何时，那个美丽张扬的女子，也低落尘埃，输给了沧桑。人生在无常的聚散中慢慢转变，从简单到深沉，从冷漠到宽容。我喜欢龙应台《目送》里的一段话，那么贴切，那么意味深长。

"我慢慢地、慢慢地了解到，所谓父女母子一场，只不过意味着，你和他的缘分就是今生今世不断地在目送他的背影渐行渐远。你站立在小路的这一端，看着他逐渐消失在小路转弯的地方，而且，他用背影默默告诉你：不必追。"

又如何去追，看似近在咫尺的距离，其实早已隔了山水万重。今生的缘分，越来越薄，离别的背影，渐行渐远。人生是一场华美的筵席，纵算你是最后一个离场，亦改变不了它散落的命运。一如成败得失，转瞬皆空，你所拥有的，是那个备受煎熬的过程。

　　《红楼梦》里，林黛玉天性喜散不喜聚，只因她清醒地知道，聚时欢喜，散时岂不更加冷清。冷清则添伤感，倒是不聚的好。而贾宝玉则只愿人生常聚，唯怕筵散花谢，悲伤不已。其实贾宝玉内心亦是醒透的，世间万物遵循自然规律，又何来朝暮花好月圆。他曾对晴雯说："你不用忙，将来有散的日子。"

　　大观园散了，曾经争妍斗艳的群芳也散了，死的死，走的走，来不及道一声珍重。多少功名恩情，清浅如风，在断壁残垣里已寻不到往年踪迹。描写探春的《分骨肉》曾写道："一帆风雨路三千，把骨肉家园齐来抛闪。恐哭损残年，告爹娘，休把儿悬念。自古穷通皆有定，离合岂无缘。从今分两地，各自保平安。奴去也，莫牵连。"

　　奴去也，莫牵连。这亦是我最想对母亲说的一句话，却从不曾说出口。还有去了另一个世界的外婆，她还听得见吗？这些年，我之所以可以安然漂泊在外，是觉得外婆会一直在，守着她的诺言，等着我回去。非她失约，而是我们皆抵不过岁月，世间生老病死，不会对谁宽容。

　　近来，我总是恍惚地以为，外婆还在，还在故乡的老宅，简净地活着。那张陪伴了她一生的雕花古床，有她的气息和味道。有一天，我回去了，外婆还会亲自生好炉火，为我煮茶。而后，再一次目送我的离去，年复一年。

我只想对他们说，奴去也，莫牵连。

竹
笋

唐人王维有诗："独坐幽篁里，弹琴复长啸。深林人不知，明月来相照。"写的是竹林幽境，明月往来，世无知音，唯将心事寄于弦琴。东坡居士亦说："可使食无肉，不可使居无竹。"竹为君子，有隐者之风，怀高情雅量。几竿修竹，风清骨峻，装点了庭院清雅，亦添了河山秀丽。

那个叫竹源的村落，青竹漫山，连绵起伏。寻常人家，村前屋后，亦种植翠竹。平凡百姓，并不知种竹养性情，只作上苍赐予人间的尤物，于四季光阴中，取之不尽。多少人，依靠竹子生活，看似瘦怯风骨，却养育了百态众生。

折竹为食，削竹为笛，伐竹为舟，砍竹为薪，甚至许多家常用具，皆离不开几竿翠竹。幼时的乡村，每户人家可分得自己的竹山、田地。素日里，竹山无须打理，大自然的雨露阳光让它们四季常青，翠衣翩然。

春日，山上竹笋拔节，一场无声细雨滋养万物，竹笋则是重生。竹林深处湿润芬芳的泥土中，细小的竹笋冒出尖尖小角，仅一夜之间，拔节而出。春日挖笋，是一种风尚，大人小孩肩上荷锄，手执竹篮，去往山林采挖鲜笋。

挖回的竹笋，一棵棵剥去笋衣，竹节脉络分明，鲜嫩洁净。用水洗净，切片，生了灶火，置入锅中清炒，配些自家做的酸菜，清脆可口。亦可以切片放入鸡汤里，炉火上炖一个时辰，清香四溢。至今，竹笋仍是我最喜爱的一道菜肴，无论哪种煮法，于我都是人间美味。餐食翠竹，多么优雅之事，品味竹的风度，一如品味人生清欢。

每年春日，城里会有许多人到村庄收购竹笋。各户人家将采回的鲜笋留一些自家食用，剩余的都卖与商贩，换回钱财为家用积蓄，实属人世之事。鲜笋多时，亦会取竹匾晾晒，做成笋干，待到寻常日子，用来做下饭的菜肴。那时节，庭台、瓦房、柴垛上，尽可闻得笋干独有的清香。

遇周末或节假日，便有同伴相邀，去深山里采拔细小的野笋。瘦弱的小女孩背着大大的竹篓走数十里山路。荆棘丛林处，时有惊喜，那里的野笋最为茂盛鲜嫩。一个下午，便可以满载而归。斜阳晚照，蜿蜒山径，崎岖田埂，不乏漫漫归人。背上沉重的竹篓，拖着疲惫的步履，仍不忘收获的喜悦。

暮色下的村庄，于轻烟的笼罩下，宁静美丽。父亲在戏台下收拾着他晾晒的中草药，母亲于灶台前烹煮菜肴。我把野笋铺于庭院的竹匾上，待晚饭后家人同坐一处，剥去笋衣，方可出售。于木桶里泡一个热水澡，被荆棘划伤多处的手臂，疼痛万分。可总不觉得苦，天地无私，日月山河皆是平等，于人、于物都无丝毫偏执。

掌灯剥笋，只消半个时辰，便剥好了笋肉。一棵棵，整齐地摆放在篮子里。次日凌晨，母亲拿去卖与商贩，所得的几元钱都归于我。我亦学外婆那般，取一匹花手帕，把钱积攒下来，花费给日子。小小年岁，我尚不懂清贫何意，却知晓人世艰辛。外婆用一生的光阴持俭，辛苦了自己，芬芳了别人。

　　我记得年少时在小镇读书，外婆外公相陪，简衣素食的日子，安宁幸福。每至春暖，我便去山间采拔野笋、山蕨，归来后外婆用井水漂洗，生了柴火，炒上一大盘。再用素日节省的钱，去门口的饭店，端回一盘辣炒田螺。外公饮酒，重复地讲述那些遥远的故事。外婆坐于一旁煮茶，看着我与哥哥吃着美味，笑容满目。她的笑，亦如那春风沉醉的夜晚，柔情而温暖。

　　暮色庭院，几竿修竹，亦听得懂人世言语。在柔风下，枝叶飘忽，甚为欢快。我那时不懂抚琴，却会与外婆说起《红楼梦》中林黛玉所居住的潇湘馆，皆是翠竹幽幽。因黛玉喜落泪，故她有了潇湘妃子的美称。外婆不解诗文，却爱极金陵十二钗于大观园结社吟诗的场景。

　　万物众生，皆有宿因。今日修行，为来日佛果。母亲说，谁曾预想那个行走于山间采拔竹笋，河畔打捞浮萍的女孩，竟有如此情怀，又有如此际遇。外婆只坚持说，我有一双灵动的慧眼，可以掩去庸常的姿色，亦无关平凡的出身。而我宁愿永远长不大，做那个徜徉在野山间的女孩，明眸善目，干净如水。

　　有个邻居，无有妻儿，却有一技之长，素日靠编些竹篓、竹篮、竹椅为生。每逢暮春初夏，他便上山砍来许多翠竹，搁置于晒场一隅。取一根竹，先用一把专用的篾刀，把竹子破成片，再细致地编织各式篮子、篓子。有时午后闲趣，他还会编几只鸟雀供邻居孩童玩耍，看似粗糙的一个人，工艺竟十分精湛。

母亲会取他废置的竹节，洗净用来蒸煮美食。竹筒糯米饭、竹筒蒸鸡、竹筒蒸米粉肉，竹子的清香，柴火的味道，达到了珠联璧合的境界。逢年过节，母亲邀他入席，或端了美食，让他同享。

他的一生，有太多的缺憾，每日编织竹篾，却无法编织自己的人生。最后，一场突如其来的疾病，夺去了他的生命。那日母亲早起，盛了一碗热粥送去他家，敲门不应，后推门而入，见他死于床上，面容痛苦。他的兄长和几位近邻，将其装裹，葬入山林。生时孤苦，死后几径修竹做伴，明月清风，与之往来。

我曾想过，于竹源旧山建一座竹屋，请一位民间艺人制竹子家具，日常用品皆取之于竹。屋子前后，种满翠竹，春日食笋，夏日乘凉，秋庭观竹，冬雪之夜，闻折竹之声。竹榻上，煮茗说禅，静听山风，陶然忘机。

如今，那座竹山上葬了外公外婆，还有许多逝去的先人。埋骨于这片山水灵逸地，死亡亦生了柔情，当初感伤的离别已不再疼痛。人生百年，终有一日会殊途同归，不过早晚而已，又有何惧。

来年清明，去竹山扫墓，采拔几棵竹笋，做上几道鲜美的菜肴。故人重逢，聚于田园人家，竹窗下共话古今兴衰之事，不去问明日又去何处天涯。

过往一切，皆归入了时间沧海。余下一盏淡茶，几帘竹风，简净清明，不与世争。

菜　圃

　　太湖水畔，梅花仙源，有许多人家，修筑宅院，围篱种菜，过着简朴的隐逸生活。有些是祖居于此的村人，有些是爱慕山水的高士，亦有些是过尽繁华的倦客。近年来，兴盛田园之风、山水之趣，更多的人愿意舍弃功贵名利，过渔樵耕读的生活。

　　我曾说过，真正的平静，不是避开车马喧嚣，而是在心中修篱种菊。这句话带着淡淡禅意，被许多人喜爱。是因了漫漫浮生，众生不易，都期盼着有那么一处宁静之所，可以搁置寂寞的人生。小小心田，何以容纳山川万物，若非有一定修为之人，又如何于心中修篱种菊。

小小院落，竹篱菜圃，门前桃李丛菊，门后绿水垂柳。几畦地，栽种了日常果蔬，丝瓜藤、南瓜藤、苦瓜藤、豆角藤顺着竹枝，攀附于瓦檐。原本寻常的蔬菜，承了大自然的雨露阳光，根植土壤，无须精心料理，便可应季开花结果。

为避尘世喧腾，那些久居城市的人，亦在自家门前开垦一方土地。种了月季、茉莉、黄瓜、西红柿等花木果蔬。庭院里摆放桌椅，空时邀了旧邻，喝茶下棋，闲说家常。几丛幽深，竟忘了俗世风尘，而四季流转，亦在此花开花落间。

今生有幸，生于江南山水村落，住过旧庭深院，赏遍碧云秋水，看尽烟波画船。虽不及江南吴地的精致华丽，却有着远离浮世的古朴安静。倘若不是生于此处，真不知世间竟还有这样一方净土，村舍人家。

记忆中，母亲最常去的就是她的菜园。菜园不在门前庭院，而是在离屋舍一两里路的田地。路经三五户人家、几口池塘，再走一小段山径，转弯下坡后有一片田园，即为家里的菜地。

菜地依山傍水，山中有茂盛的树林，山畔的荒林亦被父亲勤劳开垦，种上红薯和甘蔗。水则是父亲挖的池塘，栽种了荷花，养了浮萍。池塘不大，每年父亲会散养许多鱼苗，平日割些青草喂养，鱼儿足够自家食用。父亲请了村里的木匠，制了一叶小舟，系于柳树下。采莲之季，打捞浮萍，或是摸寻田螺，皆要用上。

几亩菜园，有百十种果蔬，只要可以适应当地气候的果蔬，母亲皆会种上。有些是自家留用的秧苗，有些是镇上购买的菜籽，母亲应季栽种，春秋冬夏皆有时新蔬菜。无论阴晴，母亲每日清晨煮好早饭，踏露而行，去菜园锄地拔草。下午放学，则带上我，去菜地帮忙挑水施肥。

趁着空闲，我折了竹枝，四处捕捉蜻蜓。母亲说蝴蝶只宜静赏，切不可扑打，因为每只蝴蝶都有灵魂。我幼时曾捕捉一只蝴蝶，藏于火柴盒内，被母亲训斥。此后对蝶敬而远之，生怕它幻化成妖，寻来索命。

若遇莲荷盛放，则坐于舟上，随意采摘。取荷花插瓶，莲叶则给母亲用来蒸饭或蒸肉用。嘴馋时则和哥哥自制钓钩，垂钓小鱼，让母亲煮一锅鲜美的鱼汤。夏日采莲，秋冬挖藕，小小池塘，总能给平淡的生活带来惊喜。

夏日是蔬菜瓜果之盛季，辣椒、茄子、豆角、苦瓜、丝瓜、西瓜、香瓜皆产于此时。收摘西瓜之日，最为欢喜。父亲挑了箩筐前往菜园，去时我与哥哥一人坐于一边，归来则是满满的一担西瓜，置于楼台的清凉角落，日日享用。

宽敞的西瓜地，大小不一的西瓜散落其间，有些西瓜藏于藤蔓深处，需要细心寻找。西瓜的生熟，则要看其旁边的根须是否干枯，若为青绿，则还需要几日方能采摘。去时母亲会带着刀，挑选一个西瓜，于瓜地切开了现吃。清香甜润的西瓜最能解渴，后来我再也没有品尝过瓜地里那样鲜甜的西瓜了。

知了栖于柳树上鸣叫。长时间的辛劳耕耘，而今收获，心中自是喜悦。母亲让父亲钓上几条鱼，再采摘一些水灵蔬菜，归去做了丰盛晚饭，一家人聚于庭前，共享天伦之乐。采回的蔬菜，母亲皆浸泡于冰凉的井水中，褪了暑气，味道清新。

秋季，橘子红透，已是硕果累累。家家户户忙于采橘，橘树少的则采回自家食用，多的则雇了车辆，去镇上叫卖。家里的橘树十数棵，所得橘子亦有几百斤，母亲不舍得卖，让父亲将其藏于阁楼，过年时取出待客，依旧鲜甜可口。

几亩菜园，并不能给清贫之家带来富裕，却可以丰盈生活，滋养闲情。那时村落，平日并无多少农事，母亲将所有的心思皆付与菜圃。新采的果蔬，时常让我送与邻舍，大家一起尝鲜。有时几位友好的村妇，相约一处，各自带了食材，制作美食，实为人间乐事。

林黛玉有诗吟："一畦春韭绿，十里稻花香。盛世无饥馁，何须耕织忙。"这位绣户侯门之女，内心深处亦喜爱自然田园风光。玉粒金莼，绫罗绸缎，有时抵不过粗茶淡饭，布衣蓝衫。多少帝王贵胄，恨此生不能生于百姓人家，守着几亩薄田，栽风种月，平静安乐。

生于乡村的人，内心似乎总是多了一份朴素与坚韧。他们灵魂深处，珍藏的永远是青山绿水的诺言。我的祖辈是世代放牧白云，离不开泥土的人。今生无论我行至哪里，过着怎样的生活，亦不会忘记旧时的村落人家。

齐整葱绿的菜圃，母亲独自于斜阳下辛勤浇水。晚风拂过鬓前的发，她转身对我莞尔一笑，像田野的油菜花那样美丽动

人。远处的村庄已是炊烟袅袅，飞鸟返巢，田埂上放牧的人缓缓
归来。

乡间小路上，邻村的外公拎着竹篮踽踽前行，里面装着外婆
刚炖好的野兔肉。那日外公上山打柴，逮了一只野兔，外婆炖了
一锅，分了一半托外公带给我们品尝。母亲急忙去酒铺打了一斤
白酒，留外公吃了晚饭再回。外公摆手，搁下兔肉，拎着酒壶，
独自走在归去的暮色中。

他知道，煤油灯下，老妻还等着他一同用餐。夜色落幕，几
声犬吠，乡村人家隔着幽窗，晃动着隐约的灯影，再无声息。
母亲于床前和父亲商量着明日的农活，我在她的哄拍声中渐渐
入梦。

后来，外公教我读了一首诗，长大后方知是陶渊明《归园田
居》五首诗中的一首。"少无适俗韵，性本爱丘山。误落尘网
中，一去三十年。羁鸟恋旧林，池鱼思故渊。开荒南野际，守拙
归园田。方宅十余亩，草屋八九间。榆柳荫后檐，桃李罗堂前。
暧暧远人村，依依墟里烟。狗吠深巷中，鸡鸣桑树颠。户庭无尘
杂，虚室有余闲。久在樊笼里，复得返自然。"

　　原来，归于自然是这般的宁静悠闲。远离俗世，少见车马来往，数间草房，几畦菜圃。狗在深巷里叫，鸡在桑树上鸣。晨起踩露而出，晚时踏月而归，人生百年，转瞬即逝。

老宅

你相信这世上有鬼神吗？传世间万物皆可修行，或成妖，或成魔，或成仙，或成佛。民间乡村，有太多关于鬼神的传说，并非因为他们久居陋巷，思想愚昧。于他们，鬼神亦是一种民俗文化。山有山神，水有水怪，树有树精，世间万物，皆有魂灵，不可随意侵犯，亦要敬之。

那时，故乡的村落皆为老宅旧屋，黛瓦青砖，雕花庭院，重门深处仿佛锁住了太多不为人知的故事。夜晚的小巷静谧无声，偶有行人走过，孤单的身影消失在朦胧的月色里。外婆曾说，深夜的小巷有许多鬼魂飘游，那些幽灵喜欢黑暗。他们本无害人之心，人类亦不可轻易惊扰。

村里有一栋老屋，明清时所修建，年代久远，落满岁月的沧桑。老屋真的很老了，被经年的烟火和尘埃熏染浸透，老得只有一种色调——陈旧的黑。仔细打量，无论是门口雕花的石梁，还是两扇厚重的木门，或是厅堂梁柱的木雕，窗檐的花饰，就连天井搁放的两块石几，亦雕刻了花开富贵的图案。残留的旧景，皆可以看出老宅当年的繁华与贵气。

村里人对古宅的由来有很多的传说，有人说是当地官宦之家所建，亦有人说是大户商人的宅院，总之老屋荒废了许多年，一直无人居住。后来被设为村里的医疗站，住了临近几个村落的乡村医生。我的父亲，便是其中一员。此后，母亲携带表姐，同父亲一起住进了古宅的一间厢房。那时的我，还是三生石上一缕飘忽的魂魄，未曾投生于世间。

我所讲述的，则为母亲和外公亲历之事。村人传言老屋闹鬼，许是因了过去修建宅院的木工瓦匠，于某个梁柱斗拱上"施了咒语"。又或是多年前这座旧宅院有过离奇莫测的故事。老屋的旧楼长年荒弃，据说曾有人登楼而上，从此患了怪疾，不久后身亡。再后来，便无人前往，生怕侵犯了哪位神灵，丢了性命。

几乎每个夜晚，父亲皆要背着药箱，走十数里山路，为村人治病。老宅的各个厢房虽还住着几户人家，却也是深锁小门，不敢出户。母亲带着幼小的姐姐，惧怕老宅的阴暗，夜里惊吓得不敢入睡。惨淡的煤油灯，给原本带有鬼魂传说的老宅，更添几许诡秘的气息。

后来，外公每日皆从邻村赶来，就寝于隔壁的小厢房，母亲方可安然。几载光阴，外公做完农活，吃罢晚饭，便走几里山路，一直风雨无阻。若遇村里人家红白喜事，外公去了酒宴，醉酒亦要前行，生怕他唯一的女儿受了惊吓。外公在母亲的心里，是暗夜里的一盏明灯，寒冬里的一盆炭火，他的到来，令她不惧世间一切鬼神。

外公时常说的一句话则是，身正不怕影子斜。他说山妖鬼怪亦是良善的，倘若你不侵犯它们，自当无惧。但他在老屋，的确见过不洁净之物。他夜里掌灯读书，常有白须老人惊扰，飘忽的影子，挥散不去。他甚至还好言相劝，愿鬼神早日离去，莫要在此徘徊，魂魄无依。

母亲告诉我，每日凌晨，朝霞尚未升起，淡月还在窗前悬挂。她总能听到院门的木栓被轻轻拉开，之后便无声息。起先老屋里的人皆以为是错觉，后来方知那时间并未有人早起出门。夜半时，则能听到院子的青墙轰然倒塌的声响，众人起床掌灯查看，院墙完好无损。母亲和外公说，那不是错觉，只是道不清其间的缘由。

老屋越发诡异，之后甚至有两个人丧命于此。一位乡村医生的妻子，生得品貌端庄，总说自从住进了这宅子，时常见到不洁净的东西于眼前晃动。有白须老翁，有散着长发的白衣女子，还有许多看不见模样的影子。几个月后，她卧病于床，诊治为寻常感冒，却被折磨得形销骨立，病死于老宅。

一个八岁的孩童亦死于此处。那个月黑风高的晚上，他说着同样的话，看见了许多鬼影子。小小孩童，尚不懂谎言，他的所见所闻，亦因了他的离去消失无迹。后来，大家对老屋的神灵敬而远之。他们相继寻了房舍，迁离此宅，唯恐遭遇不测。父母亦在村里另寻了一所老房子，从此方过上安宁生活。

村里有老人请来了和尚、道士，到老屋作法贴符，去过的和尚、道士只说邪气太重，自己道行尚浅，奈何不了。村委曾商议将那座老屋重新翻建，皆因风水不好，屋子太旧，无人再敢居住，最终作罢。老宅从此被荒废了，大人不许孩童进去玩耍，来村里的乞丐，都不愿进去留宿，皆怕冲撞神灵，惹了邪气。

　　我亦曾受母亲叮嘱，不可亲近老屋。但好奇之心，曾令我约
了三五同伴，于阳光明艳之日，进去过那么几回。每次亦因老屋
的阴暗，吓得仓皇而逃。荒芜的古宅，灰尘满地，梁栋结了蛛
网，杂草丛生，青苔层叠。屋里屋外仅一墙之隔，却恍若变幻了
时空，光阴在这里，仿佛不曾有过交替。

　　如今想来，这本是一座深宅大院，历经几百年的沧桑岁月。
那些雕梁画栋的美丽背后，究竟有过怎样兴衰沉浮的故事。浩荡
的风烟，因了久远的时光，归于平静。多年前，这里只是流传了
几段凄美的传说，时间久了，却被飘荡的魂灵所占据。

　　老屋真的有鬼吗？鬼又是何等模样？物换星移，家人几度迁
徙，皆因上苍庇佑，安然无恙。年前，我问起母亲关于老屋的命
运。母亲说，当地一户人家跟村委购买了老屋，想拆了重修新
宅。请来江湖术士，批了日子，但终因惧怕，迟迟不敢动工。

　　老宅寂寞地伫立于村庄，渐渐被人淡忘，亦无人再去探问它
的过往。没有谁去争议，那里是否真有魂魄存在，又或者从来就
是幻梦一场。村里的老宅被新居慢慢取代，或许某一天，这座老
屋会成为村里最古老的历史文化。那些来往的过客，行至此处，
皆要驻足，推开老旧的门扉，叩问它乱世的从前。

外公外婆皆已离世，父母老矣，而我亦是飘零半世，尝尽风霜。多少美好，唯在回忆里寻找。于老屋，我心无惧，若有缘分，此生愿与之重逢。假如真有神灵存在，我当焚香拜月，为它们祈求平安，去往无尘境界，魂魄有寄。

浅淡月影下，光阴落满了一地，无从捡拾。人生太过缓慢，仿佛走过无数春秋冬夏，老宅的故事，发生在昨天。人生又太过仓促，打开记忆的重门，早已沧海桑田，人事皆非。

卷三 ◎ 但愿人长久，千里共婵娟

—相逢如初见 —回首是一生—

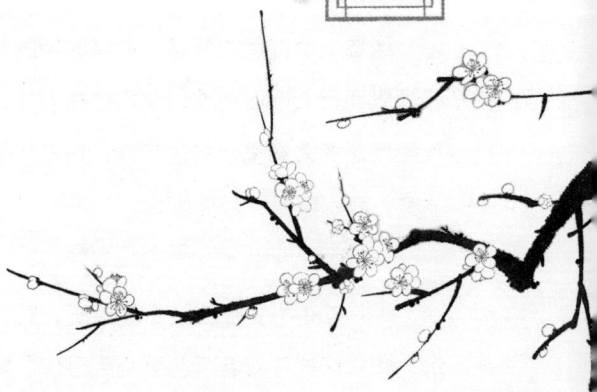

过
年

这是一个古老的节日，秦汉时期的礼乐、风俗，在朴素民间亦慷慨盛行。四时更迭，草木荣枯有序，隔三百六十日，便历一次轮回。冬去春来，月盈月缺，每至年末，都要奉行一次繁华的盛宴，辞别旧岁，迎娶新春。

我对过年不曾投注过多少情感，唯有儿时那几载光阴带着喜悦，此后这些年对春节甚至心生恐惧。岁月催人，它的仓促会令你措手不及。且多年漂旅，尝尽人生况味，对这些传统的民俗虽有敬意，却减了热忱。

岁末，卸下一年的风尘，回家团圆，当叩谢天地恩德。过年那几日，不必为尘事奔忙，享受着亲人相聚的温暖。吃上母亲自制的熟悉美食，陪父亲静坐喝一壶热茶，拜访亲戚好友，互道平安。可我总在歌舞升平的盛景中，倍感冷清。这一切皆视为性情使然，不可更改。

儿时乡村过年，繁盛隆重，年味极浓。早在年前一个月，百姓人家便开始忙碌置办年货。院内备好了过冬的柴火，仓库里堆满了粮食。池塘的水放干，村里人人捞鱼、拾贝壳田螺的场景，无比喧嚣浩荡。

家家宰猪杀鸡，备好过年的食材，剩余的鸡鸭鱼肉则用盐腌制于陶缸里。春节一过，趁阳光潋滟之日，挂在竹竿上晾晒。寻常日子里，切一些配上新鲜辣椒炒上一盘，为人间美味。

地里收回的花生、瓜子，要费一天的时间生火翻炒。油炸红薯片，蒸糯米饭做糍粑，还有家家户户都要做的一种米糖。我对制作米糖的记忆最深，那是一道复杂的工序，凝聚了村民的智慧和美德。至今我每次春节回家，都要让母亲称回几斤米糖，一解多年的相思。

那晚，父亲会和制作米糖的师傅蒸上一夜的糯米，再将蒸熟的米熬成麦芽糖。腊月天气，萧瑟寒冷，有时大雪下上几日几夜。门口，那些搁浅的木柴、石磨、古井、戏台，安静地看着雪花飞舞。母亲生了炉火，再备上消夜，沏好一壶浓茶，足够他们抵御一夜的风寒。

风雪之夜是那样的安定，整个村庄被群山围绕，犬吠之声亦有远意。路上偶有行人缓缓，踏着积雪，渐远渐去。灶台的柴火烧得噼啪作响，蒸笼里的糯米饭香味四溢。睡梦中，我被母亲唤醒，吃上一小碗白糖拌的糯米饭，顿觉暖热。而后竟睡不着，透过幽窗看天井的雪花飘落，侧耳听着父亲和米糖师傅在厨房添着柴火，讲述动人的江湖逸事。

次日黄昏，父亲扫去庭雪待客。因为此夜，米糖师傅要将麦芽糖再加工制成香甜的米糖。家里早早用罢晚饭，父亲在厅堂摆好了铺放米糖的竹匾，于匾里撒上爆炒好的米花。母亲则邀了邻家的七八位妇人，带上洁净锋利的剪刀，用来剪米糖。随行而来的，则是各家的孩童。

米糖师傅将热锅里琥珀状的糖块，用两根木棍搅出，再反复地拉成银白色。之后在桌案上撒上米粉，将麦芽糖揉成团，慢慢地挖出一个大孔，装入备好的黄豆粉、芝麻、白糖，封口。然后不停地拉长，持剪刀的妇人将偌大的竹匾围成一圈，快速地将米糖剪成小段。躲在她们身后的孩童，探出脑袋，伸手去匾中取食。

米糖软糯时味道最好，晾了一夜则生硬，便于储藏。一户人家要忙上好几个时辰，方能做完。那些日子，我亦随母亲到邻家去剪米糖。天天吃着亦不觉腻，甚至将白净软糯的米糖粘成项圈、手镯，戴着玩儿。大人看见了亦不心痛，只当添了过年的喜庆。

之后的日子，越发忙碌。每个人像登上戏台的戏子，装扮自己的角色。洒扫庭院屋舍，掸去窗台房梁的尘灰，拆洗被褥床单，清洗各色器具。卖了粮食和猪的钱，去镇上给孩子们添件新衫，再备些爆竹、门神、年画等年货。而除夕贴的对联，则是请当地乡儒赐写。

除夕之日，母亲要在厨房忙上一整天。每年我所做的事，则是围上小围裙，将母亲裁好的红纸和剪好的剪纸，贴在家用的器物上。床橱、米缸、桌椅、风车、灶台、猪圈、鸡笼，房舍人家，一草一木，皆有喜气。

　　年夜饭极其丰盛，备好满桌的菜肴，先跪于堂前祭拜祖先。点上红烛，放了鞭炮，方可一家团圆入席吃饭。记忆中，父亲穿一件浅灰色的中山装，那只别钢笔的口袋装着给我们的压岁钱。饭毕，年长几岁的姐姐则带着我和哥哥去村里的南货店，买上花炮和零食。邻户的孩子走家串户，聚于一处，用大银圆打铜钱，嬉闹玩耍。

　　母亲一生勤俭，我和姐姐过年总穿着她用红毛线织的裤子，裤脚编织了荷叶花边。衣服亦是两三年一件，从不奢侈浪费。而她自己，和村里的妇人扯布做了一件呢料格子上衣，穿了好些年。母亲说人的一生阴晴不定，虽处盛世，亦要懂得惜福。果真，后来家里一遇大小事，她皆处乱不惊。母亲出嫁时带来的樟木箱子里，储藏着她素日节俭的积蓄，数额不多，却足以应付当下的灾难。

　　夜色渐浓，堂前红烛高照，案上的供品摆设整齐。母亲生好过夜的炉火，大家围坐一起喝茶守岁。直至困意绵绵，方肯就寝，临睡前，千家万户，皆要放上一响小爆竹，才能关门。正月初一一大早，亦要放上一响，此为风俗。

　　初一早饭，家里吃素，不沾荤腥。除夕满桌的鱼肉皆藏于橱内，母亲做上几道可口素菜，芹菜、芥菜、豆腐、芋仔，且每道菜各有含义。我们看着几道素菜，亦不多问，心想自有缘由。后来外婆说，初一早晨食素，意味着一整年都吃斋，会得佛祖庇佑，顿时端然起敬。

初二早早地去外婆家拜年，父亲挑着一箩筐的礼品。菜、肉、面条、桂圆、红枣、饼干等，再包一个红包。外婆会煮上一大锅鸡汤面条待客，每人再添三个水煮荷包蛋。歇息片刻，备上一桌宴席，亲友相聚畅饮。

正月那几日，夜夜繁华喜庆。大人掌灯过夜，围聚一处，掷骰子、押骨牌。戏台下，祠堂里，厅堂内，数十张赌桌，人人囊中皆不羞涩。小孩子亦聚在一起，用红绳穿了大人存留的铜钱，押起牌九。赢了的自是欢喜，输了亦不吵闹。

若当年舞龙灯、狮子灯，村里的年轻男子要去祠堂外的晒台练习好些时日。直至动作娴熟，队形整齐，方可去邻村和镇上表演。上门来的龙灯，要用爆竹迎接，再备上红包欢送。

村里每年会请戏班子，热闹地唱上几天几夜。看戏是村庄一道浩大的风景，台上生旦净末丑，台下观众拥挤如潮。锣鼓、二胡、横笛、胡琴，瞬间响彻了山河。那气场，亦如盛唐的帝京，华丽喧腾。一年中，唯有这些日子无须耕织，安了心地开怀享乐。

吃完元宵饭，赏了灯花，年味渐消。梅花开罢，草木复苏，沉寂了一冬的农作物，又要开始它们的使命。父亲忙着几亩田地，母亲打理菜园，小孩则上学读书。燕子筑了新巢，门庭的翠竹高至瓦檐，日子简净悠长，似那条蜿蜒山路，看不到边际。

长大后的年，锦绣如织，却再也寻不到当初滋味。物换星移，过往的岁月清明如镜，亦只能看到影子。

赶
集

　　这些年，岁月一直在流转更替，我亦一直在迁徙改变。从古朴的村，到喧闹的城；从淡泊闲逸的桃源，到锦绣如织的尘世，得到了许多，亦丢失了许多。淹没在苍茫人海里，邂逅一幕幕风景，有些转身即忘，有些铭心刻骨。

　　日子看似悠长，实则稍纵即逝，比如时光，比如梦想，比如那灿若春花的华年。紫陌红尘，闹市街巷，人世风光皆在山水草木间，于房舍人家里。许多快乐，都丢失在童年，那些无言的时间，仓促而去，只能默默送离。

　　故乡的村落小镇，虽远离了都市，亦有属于它们的喜乐繁华。赶集，是一种民间风俗，许多乡僻之地，定期在集市囤物换物，进行买卖交易。他们来自不同的村落，只为在集市上，遇见人世盛极的风景。

旧时村夫凡妇，终日男耕女织，对着几亩薄田，几畦菜地，平淡安定。有些人去过的最远的地方，就是离村数十里的小镇。年节之时，去镇上的集市买些日用品，打制一两件金银首饰，添件新裳。亦将素日采摘的山货，积攒的鸡蛋，圈养的鸡鸭、牛羊，带至集市去卖，换了银钱，以解急难，或补日常所需。

明朝谢肇淛《五杂组·地部一》："岭南之市谓之虚……山东人谓之集。每集则百货俱陈，四远竞凑，大至骡、马、牛、羊、奴婢、妻子，小至斗粟、尺布，必于其日聚焉，谓之'赶集'。"

离山村最近的小镇，每年八月初三至初五，有三天繁华集市。民间集市，虽不及汴京城《清明上河图》那般十里长街昌盛繁荣，亦是车水马龙，人声鼎沸。赶集的近则方圆几十里的乡邻，远则百里之外的城里商贩。有行走天涯的江湖艺人，有背负禅囊的行脚僧客，亦有称骨相面的民间术士。

　　小镇的集市每年依旧盛行，我的记忆，只停留在童年那场淡淡的秋风里。喧腾的集市如同一幅水墨长卷，挂在岁月的墙壁上，落了风尘，惹人深深回忆。

　　昨夜梦中，我还是那个穿着花布衣裳、梳两个小辫子的小女孩。朝霞映窗，母亲晨起喂了牲畜，打理好家里的一切，换上洁净的新裳。一手挎布袋，一手携着我，母女二人踏着晨露匆匆赶路。走过村庄，行经流水小桥，再走十数里的蜿蜒山路，方能抵达小镇。

　　恰逢初秋，绿叶有了秋意，山峦层叠，时闻清泉流淌。狭窄山路，有许多挑担前行的人，他们一如我们，去赶赴那场集市盛会。大舅在小镇买了三层楼的房子，本是教书先生，后转做商人，开了小店。时值初二，次日便是赶集的第一天，每年我与母亲皆提前一日到，为的是看初二夜晚的街灯，并帮忙打理小店的生意。

　　此夜的街灯，并非元宵的观灯。不过是各处前来的商贩，于小镇的桥头街巷，搭起了货架，挂了招牌和明灯。街头挑担的小吃掌灯经营，孩童拿了零碎钱，开心游玩。小镇的几家酒店门庭若市，客房已满，迟了的人只好走亲访友，投宿人家。

次日醒来，街市上已是川流不息，人山人海。我邀了表姐妹，口袋里装着几元母亲给的零用钱，挤入闹市。小小集市包罗万象，有远道而来的马戏团、说书人，有仗剑执刀的卖艺武者，也有跪地讨要的乞丐。街市上，金银古董、花鸟虫鱼、衣物炊具、竹篓木桌、农家特产，素日见不到的东西，皆聚集于此。

琳琅满目的小吃里，我最爱的则是藕丝糖。橙黄的麦芽糖，慢慢地拉扯成蚕丝模样，组成一小团，当时一角钱可以买到十个小团，百吃不厌。小学门口阿婆腌制的菜梗，堪称临川一绝。桥头那位大叔捏的糖人，不管是《红楼梦》《三国演义》，还是《西游记》里的人物，皆栩栩如生。

大舅家的生意，母亲和外婆亦是帮衬。她们连夜赶制了几桶白凉粉，为纯天然的美食。制作方法我因当时年龄太小已不记得，只知母亲从布袋里，取出一些丝瓜花、茄子花，还有一些专制白凉粉的野果。熬制白凉粉的水要用井水，做出来的凉粉晶莹剔透，撒上白糖，入口清甜爽滑。

之后他们便拎上白凉粉，去小镇的电影院门口叫卖。我亦随行而去，帮忙清洗碗盏或换找零钱。艳阳高照，人声喧哗，渴了吃一碗凉粉，顿觉神清。河岸有撑舟的老翁，送了一船又一船的客人去河对岸看戏。

如此盛景，延续三日，直至集市的最后一天，商贩低价卖了囤积的货物，方肯散场。那时日暮西斜，街巷上的行人车辆缓缓而去，剩下散乱的残物留待清扫。各自虽是盛载而归，亦落下一身风尘，倦容满面。他们的人生就像是在赶场，从这个城到那个陌生的镇，从喧嚣到荒凉。

母亲扯了几匹布，打算归去为我和哥哥添制新裳。她学过裁缝，我儿时的长裙、衬衫、唐装皆是她亲自裁剪。再称几斤饼干糖果，回去做茶点。挎上来时的那口布袋，与我携手返家。

夜幕下，路上行人匆匆，淡月清风，远远看去，村落人家已有稀疏灯影。我离家才几日，却好似远行的游子，心生归意。薄弱灯光下，母亲生火，炒了几道家常菜。泡上一壶淡茶，方觉静了下来。原来人世浩荡，真不如简衣素食，清静安好。

外婆说，经过乱世之人，更是喜爱贞静岁月。赶集虽为乐事，到底还是繁闹浮气，不如对着庭风白云简静。我亦爱极了宁和日子，游赏山川草木、寻访古刹道院则好，再无意闲逛街市，奔波世景。

　　然赶集是一种民俗，柴米油盐，是生活之乐趣。人生百味皆尝，身处太平盛世，阳光如水，万物明朗，随缘喜乐，甚好。

酿酒

　　微风过后，嘉木繁荫，这个春天看似日长如年，实则急景匆匆。谢幕的花事，一如折损的华年，往来之间，了无痕迹。千古兴亡，不过浮沉生灭间，人生后悔之事太多，纵算历史重演，亦更改不了它的沧海桑田。

　　取一把不知朝代的小壶，盛花间雨露，松针点火，煮一壶早春的新茶。再取出旧年封存在坛子里的青梅酒，浅酌几杯。借着些许的醉意，读元时张可久的小词，竟觉得心中万千情怀，早已落在他的笔下。"数间茅舍，藏书万卷，投老村家。山中何事？松花酿酒，春水煎茶。"

想来这般情境，唯有在诗中画里方能见到。这世上，或许还会有被人遗忘的深山茅舍，住着一些与世隔绝的人，但他们迟早有一天会想方设法走出来，相聚于茫茫人海里。然久居城市的我，多么渴望时光可以古老些，再古老些，让我做一个深山柴门里的女子，穿风行云，朝食落花，暮饮春露。

煮茶酿酒，此等风雅之事，于我幼年时却属寻常。外公一生喜酒，上山打柴、田野牧牛、溪边垂钓皆不忘别一壶老酒，独自品酌。记忆中外公发白如雪，他在竹山上另辟了几亩地，栽了松柏，只为取松花酿酒。春来秋往，耕云种月，沾染了几分仙气。

每次外公来家中做客，我总要去村里酒铺打一竹筒酒回来。母亲于灶前炒几道可口的下酒菜，从日暮时分饮到夜色深蒙，方肯停歇。酒桌上，我曾无数次听外公重复地讲述古今故事，世间阴晴圆缺，皆入杯盏中。直到后来，他患了病，过往的尘缘都记不起来了，却始终忘不了一日三餐的那壶酒。

外婆说她初嫁到竹源村时，时常拿着铜板、银圆去镇上的酒铺买酒，每次买来一大坛，不几日，便被外公饮尽。或许闻惯了酒香，外婆亦学会了浅酌，有时陪着外公于庭院的葡萄架下对饮几盏，直至烛火阑珊。更多时候，外婆只静坐于桌畔，忙着针线，和外公闲说家常。多年后外婆对我说起那段过往，她说酒味醇香诱人，只是不舍得多饮。

我的曾外祖母，当年亦每日陪曾外祖父饮酒。那时家境殷实，虽雇了帮佣，但她坚持每天午后亲自入厨做几盘精致的下酒小菜。楼台水榭，景致怡然，春风佐酒，明月作烛，纵是山野人家，亦有赏心悦目之事。我曾去过外婆幼时居住的宅院，尽管已是断壁残垣，却依然可以透过废弃的木刻石雕，重现当年繁盛的过往。

外公学会了酿酒，把自种的糯米装入一个大蒸笼，烧沸水蒸煮两个时辰。摊凉后，均匀撒入酒曲搅拌，于陶缸里发酵。待七日左右发酵完成后压榨出香醪，再提取蒸馏，待冷却即可得白酒。外婆将酒封存入罐，一坛一坛地摆放于存放粮食的屋内，经光阴沉淀，酒香馥郁，闻之则醉。

我幼年曾亲历过几次酿酒的过程，那般繁景，仿佛来自汉唐盛世的礼乐，而民间乡野，亦有其不可忽视的慷慨华丽。冬日里歇下一切农事，家禽在圈里静养，院子里堆满了柴火，足够烧至来年春天。一家人围着炉火守着一窗纷飞的大雪，那种简静的幸福，多年后再也不曾有过。

木楼上的仓库储满了粮食，于是各家便兴起酿酒。原本静谧冷清的山村，一时喧闹喜气。父亲将浸过水的糯米上了蒸笼，母亲于灶下烧旺了柴火，我和哥哥姐姐坐在一旁炙烤红薯。糯米的芳香和红薯的香味，在烟雾里萦绕，斜斜地透过瓦檐，飘荡于天地。

再过几日，家家户户蒸煮香醅，封坛之前，左邻右舍相互邀约品尝。一大缸的酒，舀上一竹勺，喝上一口，顿觉神清气爽。盐炒黄豆、水煮花生，是最好的下酒菜。整个乡村，弥漫着浓郁的酒香，几个日夜挥散不去。

"对酒当歌，人生几何！譬如朝露，去日苦多。"他们没有曹操的雄才大略，王者之风。"花间一壶酒，独酌无相亲。举杯邀明月，对影成三人。"亦没有李白的诗心词骨，潇洒飘逸。"明月几时有？把酒问青天。"更无东坡居士的豪情万丈，落落襟怀。却有几分陶渊明采菊东篱，悠然南山的淡泊，亦有几分欧阳修放逐山水的醉意阑珊。

春暖花开，有些人家便开始采摘花果浸酒。桃花、梨花、枇杷、青梅、杨梅、山楂、桃杏，皆可浸酒。陶瓮、瓷缸、瓦罐、鼎和壶，存储着各色佳酿，千滋百味。外公种的松树开了松花，他背着篓子去摘取，回来晒干，揉下花粉再蒸熟。外婆用绢布细心包裹，开一坛好酒，一同浸入瓷罐里，浸泡半月即可。松花酒香味独特，素日里喝上一盅，最能润肺养心。

盛夏时节，庭院里的茉莉洁白似雪。外婆每日清晨采摘带露的花朵，集一篮子新鲜茉莉，取一坛酒，添上野生蜂蜜或冰糖，浸泡在透明的器皿里。不几日，白色的茉莉成了淡粉色，密封半月，便可饮用。之后哪怕储藏三年五载，茉莉的花瓣依旧新鲜如初，而酒味则更加醇郁醉人。

每年有许多村人，到家里的药铺找父亲买些滋补药材浸酒，药酒有活血化瘀、强身健体之功效。在那个清贫的年代，农人辛勤忙碌一年，亦换不来丰衣足食的生活。唯有自家酿的几坛老酒，芳香了日子，愉悦了心情。

遇了端午、中秋、重阳佳节，放下一身疲惫，斟上一盏菖蒲、菊花酒，听戏赏月。此一生，纵算与荣华无缘，有这么一间栖身的小屋，也是满足。庭前的燕子，飞过万里山河，看罢大千世界，终是回到古老的屋檐下，衔泥筑巢。想必是割舍

不下这里的主人，愿用余生的时光，听他们讲述冷暖交织的
故事。

我是那只飞得太远、忘记归路的燕子，在异乡的庭院暂将身
寄。无论走得有多远，终不忘故乡的山水风月。闲时，我去街巷
打上数十斤陈年老酒，采上梅园的青梅、庭前的茉莉、园林的桂
花，酿上几坛花酒、果酒。只是流年寂寂，少了那个举杯共饮、
推心置腹的人。

烟雨江南，吴地人家，比之故乡的山水，多了一份温婉柔
情，却少了几许古朴简约。每当思念故里，我便浅酌几盏花酒，
在醉意微蒙时，回忆当年乡间觥筹交错的场景。弥留于唇齿间的
酒香，一如那散不去的乡愁。

《红楼梦》里，警幻道："此酒乃以百花之蕊、万木之汁，
加以麟髓之醅、凤乳之麹酿成，因名为'万艳同杯'。"青梅煮
酒的英雄已作古，白发渔樵今还在，秋月春风各不同。"绿蚁新
醅酒，红泥小火炉。晚来天欲雪，能饮一杯无？"多少天涯游
子，在风雪中，期待有一间柴门酒铺，可以围炉煮一壶陈年老
窖，醉了好还乡，还乡不断肠。

外公逝去十年，在他下葬之时，舅舅和母亲为他备了几坛好酒，陪他长眠不醒。外婆亦在去年冬日离世，久别重逢的他们，可以在那个世界交杯换盏，举案齐眉。待我归时，当备上一壶自酿的松花酒，在他们的坟前，醉饮几杯，了却挂念。

采药

"松下问童子，言师采药去。只在此山中，云深不知处。"这是我喜爱的一首唐诗，简洁平和，意境清远，像一幅朦胧的山水画，挂在岁月的墙上，转瞬已有千年。

或许是因生于中医世家，祖上世代行医，我从小对药材和植物有着别样情感。犹记儿时背着竹筐，随父亲到深山采药，春风暖日，百草葱茏，大自然的美丽胜却世间一切繁华。

后来读过汤显祖的《牡丹亭》，方知深闺绣户中的杜丽娘亦有此感，她说一生爱好是天然。她之所愿，则是葬于梅花树下，等候当年游园惊梦时邂逅的男子。

　　回忆是一种美，它需要在某个安静的场景中，缓慢地走进去，像是一场时空的更换，在过往的风景中可以看到前世的自己。与杜丽娘相比，我只是一个采药的农家女孩，简衣素布，在深山里找寻珍稀的药材。连绵不绝的山峦，是大自然对众生的恩赐。深山幽谷里，不仅有名贵的药材，亦有可以充饥的野果，还可以采摘新鲜的菌菇，捕捉美味的山禽。

　　空山雨后，草木如洗，远处的山峦被云雾笼罩，望不见世上人家。那时的我，总期待邂逅一位采药仙翁，白发长眉，仙风道骨。他从唐诗中走来，迷了方向，误了归期。后来与我做了莫逆，在山林研习药经，对弈说禅。

　　这只是我一厢情愿的想法，山林里不曾遇见仙翁，却时遇樵夫、猎人，还有采摘山珍的农妇。晨晓伴随朝霞上山，西风日暮时返家，午间则在山里寻一洁净处，吃着自家带去的米饭。我记忆中的雪菜烧笋、青椒小河鱼，是妙不可言的佳肴。山里四季泉水不绝，渴了寻觅一处山泉，撩开落叶，饮上几口，清甜甘洌，胜过百年窖酿。

　　歇息时，静坐苍松下，看微风往来，云卷云舒。若遇熟人，则相聚一起，说一些山妖鬼怪的故事。中国民间有太多的传说，似山长水远的风景，无穷无尽。他们亦论成败，闲说古今，感慨世事飘摇，生活不易。千百年来，哪个家族不曾经历沧桑变故，一生风云叱咤，到最后亦只是斜阳古墓，萋萋荒草。

父亲也曾经历过命运的徙转，从富贵人家的少爷，到流转天涯的浪子。整排店铺、满箱金银在一场大火中化作灰烬。动荡的乱世，改变了太多人的一生，在这悲喜交加的人间，真正的安稳，则是内心的宁静。大山教会了父亲宽容和豁达，亦教会他辛勤和忍耐。他说此生只愿做一个济世救人的乡村医生，熟识药理，安于宿命。

我最初跟随父亲上山时，所认得的草药寥寥无几。次数多了，方知百草皆药，许多看似貌不惊人的野草荆棘，青藤树皮，竟是疗伤治病的良药。多刺的绣花针，常生于竹林和溪谷边，是一味活血祛风的好药。有一种白花蛇舌草，叶瘦细长如兰，开着白色的小花，多长于水田和湿润的旷地，有较强的清热解毒功效。

杜仲亦是父亲每年必采的药材，它较为滋补，多生于山地，取其皮晒干入药，有补肝肾、强筋骨之功效。杜仲的皮被削后会再生，可谓深山里取之不尽的财富。杜仲亦可同丹参、川芎等几味药材浸酒，常饮可养血活血，强身健体。

　　我自幼遗传了母亲的头疾，加之常犯嗽疾。有江湖相士说我一生不得劳累，宜静养。后来每逢春分或秋分，吹风受凉，病症便如约而至。头疼咳嗽，像宿命一般，伴随左右，惆怅难言。

　　野生天麻有止痛镇静功效，对头疼患者可谓良药。湿润山林，向阳灌丛，皆可觅得野生天麻。我不识得此药材，唯见父亲会采挖回来，洗净外皮，再蒸透烘干，配上别的汤方，母亲煎水让我饮服。一段时间后，头疼的频率果真减少。如今父亲年迈，再无人上山采挖野生天麻，那经年老病，习惯了，倒也无妨。

　　村庄山水富饶，四季草木长青，其中可入药的更是源源不穷。桃花、梨花、茉莉、栀子、丁香、菊花、野梅、苍耳、山楂还有金银花，皆有药用价值。有些当茶饮，有些用来浸酒，有些配入药方。万物之神奇和美丽，会令人不由自主地喜爱。

　　若遇金银花、山楂以及薄荷的盛季，村里许多妇人和小孩皆去采摘，他们用自己辛勤劳动所得，兑换了钱物，付与日子。那时，我放学回家，不见母亲坐于木门后，直到夜幕降临，方能得见她疲惫的身影。那种踩着落日满载而归的笑容，夹着背篓里金银花清凉的香味，沁人心脾，永生难忘。

采回的草药，夜里挑灯拣选，铺在宽大的竹匾里，晨起于阳光下晾晒。庭院里弥漫着浓郁幽淡的药香，继而穿过小巷回廊，飘散至整个村落。之后，我可以从气味中分辨出各种药材，而我对人间草木的情感，与日俱增，不能割舍。许多药名更是耐人寻味，独活、寻骨风、白芷、苏子、浮萍、千年冰、史君子。

每年暮冬，父亲皆会托人从遥远的长白山寄来正宗的人参和鹿茸。临近的乡邻会提前登门预定，他们用平日节省下的钱，购买滋补药材，给家中做气力活的男人服用。只盼着人参、鹿茸带来奇效，让他们身体健硕，在来年的劳作中得以事半功倍。

分配人参、鹿茸的那日，他们从各个村落相继赶来。父亲取出铡药刀，沉重的铁药碾，还有捣药罐，药筛子，将药材切片再研磨碾碎。有些配方需用野生蜂蜜炼制，揉成一颗颗小药丸。有些则取了粉末，回去依照剂量，用鸡汤或米酒送服。

厨房里，母亲烧旺了灶火，煮上一大锅米粉，鲜肉香菇制汤，用来待客。我坐于灶台下，不停地添柴，松木烧得噼啪作响，松香味夹着美食的香气，令人垂涎欲滴。人世风光，可以这样幸福动人。古老的乡村，因了这一间小小药铺，有种盛世的富足与安宁。

父亲是良医，母亲是善人，他们一生行医卖药，夫唱妇随。所挣钱财，亦数微薄，素日里种些田地，勤理菜园，喂养鸡鸭，只为补贴生活。多年的朴素俭约，供养我们读书，日积月攒，方盖上楼房，拥有了一间药铺和安身立命的家。

幼时老旧的宅院固然美丽，却因是租借而来，父母常受人闲气。那时不解，坐在高高的木楼上，看远近层叠的马头墙，看旧年的燕子归来筑巢，认定了这是此生的归宿。直到今日，无论我走得多远，是否丰衣足食，梦里依旧是老宅旧院，是那挥散不去的清凉药香。

春色撩人，万物争奇，又到了山村采药盛时。我早在多年前选择弃医从文，兄长继承父业，在小镇上开了一间小药铺，唯图温饱。铺子里的药材皆从外地药商处买来，再无人背上竹筐，走几十里山路去采挖药草。

药翁不见了，云雾深处，只留下那个被封锁在唐诗里，再也走不出来的仙人。樵夫的柴刀被岁月风蚀，早已失去当年的锋利和气势。猎户的猎枪成了一种摆设，让我们在月圆的晚上，想起那些恍若远古的从前。

万物有灵，人最有情。一草一木皆有佛性，它的慈悲仁爱可以普度众生。《杂阿含经》云："有因有缘集世间，有因有缘世间集；有因有缘灭世间，有因有缘世间灭。"万物因缘而生，众生平等相待，不论是渺小的微尘，还是浩瀚的天地，皆无尊卑，彼此依存，不可分离。

想起金庸先生笔下那个深居药王谷的程灵素，她种植草药，研习药术。倘若不遇胡斐，不出药王谷，和草药相依为命，亦不会死于七心海棠的剧毒。金庸将世间的冰雪聪明都给了她，却吝啬赐予她美貌。这个女子如一株药草，只为救活她此生至爱的男子。来生，她一定貌美如海棠，白衣胜雪，在初相识的地方与他重逢。

多年的修行，原来并非为了锦衣玉食，唯有无华的岁月，方是安稳。一箪食，一瓢饮，居陋室，尝百草，等候一个再也不会归来的人。

稻
香

　　你看过梯田吗？那些层叠错落、聚散无序的梯田，落于群山之畔，在四季交替的光阴里变幻着不同的色彩和美丽。是我们的先人，凭借他们的辛勤和智慧，开垦出如此壮观的奇景。之后世代耕耘，用他们的淳朴，寂寞地固守着那片缠绕千年的土地。

　　《红楼梦》中元妃省亲时，命众位姐妹题匾作诗。黛玉为宝玉解围，代写了一首《杏帘在望》，甚得元妃赞赏。"杏帘招客饮，在望有山庄。菱荇鹅儿水，桑榆燕子梁。一畦春韭绿，十里稻花香。盛世无饥馁，何须耕织忙。"这位久居深闺的官家小姐，竟亦如此熟识民间风物。想必与她幼时乘船来金陵，路边所见景致有关。亦可看出，她深喜花木，爱好天然。

江南多水，水是梯田的精魂，水滋养了我们的灵性。在南方，凡是有人烟的地方，皆种水稻。水稻喜湿润，爱阳光，长于温度适宜之地。在故乡，每个人均可分配到相宜的田地，而农人再依靠自己的辛劳去栽种耕耘。待收获季节，除去上缴的公粮，剩余则为自家的口粮和散卖的粮食。

春日播种，之后等待发芽长成稻苗，方可拔了去插秧。田地早已犁好，平整无垠，在水光下，可以照见影子。插秧需要技巧，一排排脉络分明，这些严谨的工序，仿佛是农人与生俱来的天性。他们用汗水换来温饱，更期待天公作美，年年有个好的收成。

稻子的生长，短则三四个月，长的要七八个月。每至稻花开时，村人面带悦色，荷锄打田埂穿行，只待稻子成熟收获。割稻子，是最为艰辛、苦累的过程，一把瘦如弯月的禾镰，成了农人挥舞的兵器。仅仅几日，手心便磨出血泡，时间一久，则成了老茧，无了痛感。

割下的稻子，用打谷机脱粒。之后再用竹箩筐，一担担挑回家，盼着日日晴天，铺在竹席上晾晒。筛去了夹杂在其间的稻草，再用风车扇去扁平的米糠，直至成一粒粒干净饱满的谷子，方可入仓，等待缴粮或出卖。这些过程，我皆亲历，收割之季，炎热的日光和锋利的稻草，划得我满身伤痕。

比起寻常人家，我们家算是得天庇佑。父亲吃居民粮，唯我和母亲还有哥哥，分了几亩田地。记得家里有一块偌大的稻田，每次一家人收割皆要一周光景，最后都筋疲力尽，甚至要病上一场。后来父亲再不忍我们同去，便花钱雇上几个壮汉，一日便收割完毕。余下的数块小田，不舍得雇人，父母二人起早贪黑地慢慢收割。山间的清泉，园里的瓜果，则是收割时最好的奖赏。

我对米饭，有一种难以割舍的情结。儿时在村落，早间只有一两家卖包子、油条的小铺，寻常人家皆不舍得花钱去买。唯有读书孩童，父母有时给上一两角零用钱，或从家中取上一竹筒米，兑换了去学校。若谁家有人去镇上，捎上几根大油条，或是几块糕点，带至学校，不知惹来多少羡慕的目光。

百姓人家，一日三餐皆以米饭做主食。乡村妇人，天色微蒙便起来生火煮饭。他们无须看钟表，听鸡鸣几声，或者看霞光透过窗棂的光辉，便知时辰。若遇收割之季，四更天就起床生火，清冷的月光洒落灶台，柴火烧旺，瓦檐上是袅袅不绝的炊烟。乡下有个风俗，灶火若烧得旺盛愉悦，则预示今日有客人来访。许多时候，主人备好了宴席，客人不至，孩童格外欢喜，享受着年节的待遇。

锅里米粒已经沸腾，母亲捞起半熟的米饭，上了木蒸笼，用炭火蒸着，直至熟透，成一粒粒晶莹清香的米饭。锅里余下的米，在灶里再添少许柴火，继续熬煮成粥。砧板上切好了自家种的时新蔬菜，豆角、茄子、冬瓜、苦瓜、竹笋、莲藕最是常见。

每家每户少不得的，是新鲜的青红辣椒，几乎每道菜都需要辣椒的搭配。那时，辣椒成为农家厨房的主角，占据了整个舞台。烧热的铁锅，倒上少许油，直接把辣椒倒进去爆炒，撒进盐和味精，便成了普通人家最好下饭的一道菜。

吃米饭前，先喝一碗薄粥暖胃。之后，便盛上一搪瓷碗米饭，夹少许菜，津津有味地吃着。我幼时记忆最深的，是母亲用辣椒炒两个鸡蛋，这是我和哥哥一天最美味的菜肴。有时鸡蛋没了，则煎上一块豆腐，放些切碎的青椒，亦很可口。

若父亲去了镇上，买回一斤肉，母亲会用尽她的厨艺，为我们做出美食。辣椒炒肉片、油炸肉丸子、红烧肉、肉饼汤，每次变换花样，总不辜负寻常日子里难得一见的荤腥。

清香软糯的新米饭，永远也吃不厌。遇节假日，则随着邻伴去河田里拾拣田螺，捉捞泥鳅。有些猎户去山间守候几日，可收获许多野味。烧旺的柴火，烹煮着野鸡、野兔，那香味弥漫整个村庄。菜香、酒香、米香，这样的烟火人家，迢迢已有千年。

十岁后，我去镇上求学，与外公外婆居住几年，从此再也没有下过田地。每次晨起喝粥，外公总是不厌其烦地讲述一个老故事。"从前有个穷人，无钱度日，便去卖田。他穿着薄袄，冒着寒风去了富农家里，富农的妻子给他端来一碗热米汤。他喝下后，顿觉温暖，瞬间知晓粮食的好处，便起身离去，再不肯卖地。"

外婆一生节俭，最不舍得浪费米饭。她对米饭，视如珍宝，这其间亦有她的故事。动荡年代，地主富农皆被批斗，每日心惊胆战。外婆出身地主乡绅，跟随父母逃荒，只背上几袋米粉，饿时用水调上一碗，勉强充饥。

那年冬日，冰凌挂满了枝头，走了几十里山路的外婆行至一个村落，已是饥寒交迫。她见一户人家门前，一个七八岁的小女孩，手捧一只大碗，满满的白米饭，上面铺着辣椒咸菜，大口地吃着。自此之后，外婆再也不浪费一粒米饭，她深刻地懂得众生不易，世间疾苦。

每次吃剩的米饭，外婆皆用碗盛起，铺在竹匾里，于日光下晾晒。待干后，用石磨研成粉，饿时舀上两勺，放些糖，用滚水冲成米糊。有时用米粉制作糕团、米饼、点心，充当了零食。我们几个表姊妹，皆喜爱吃外婆用剩饭做的米糊、米糕。外婆每次做好美食，则端坐于我们身旁，面含微笑，十分安详。

那些时光，山河日丽，天地悠悠，自是从容不尽。每天，一家人在炊烟日色里相守，唯愿岁月静好，一世安稳。尽管幼年亦曾经受过清贫，但皆因太小，不知人事，心无悲意。这些年，我亦珍惜粮食，时有奢侈浪费，之后深悔不已。

又是一年稻花香，村里的年轻人，有些求学，有些经商，皆远离故土。只留下一些耄耋老人，守着苍茫无边的稻田，辛勤耕种，朴实善良。黛瓦上炊烟袅袅升起，落日下的村庄一如既往地宁静平和，像一幅挂在人间岁月的水墨画，周而复始，万古不变。

卷四 ◎ 空山人去远，回首落梅花

—相逢如初见 —回首是一生—

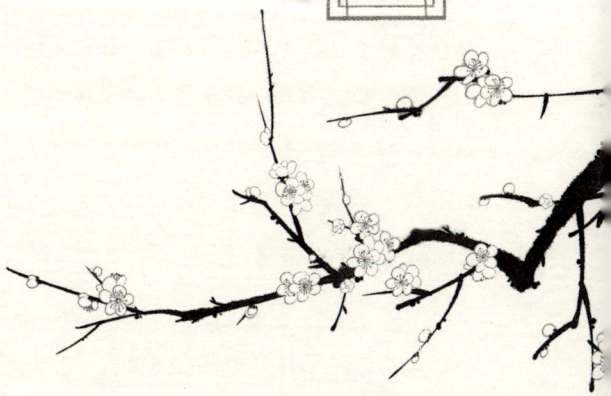

戏
子

　　戏子，我不知何时开始，喜爱上这个词。又或许，这不是一个词，是某个人，甚至是梨园世界里所有人的称谓。但我每次听到，或是想起，心中总会生出几许莫名的凄凉与伤悲。仿佛他们与生俱来就注定了不合时宜，无论戏子怎样努力，最终只是为别人做了嫁衣。

　　戏子，还有一个名字叫伶人。我似乎更喜欢这个叫法，它寂寞，孤独，凉薄。从遥远的秦汉走来，行经唐宋风雨，在乱世红尘的漫漫烟火里，渐次消瘦。如镜时光，照见缤纷过往，却参不透命运的玄机。从开始的那一天，直到年华老去，他一直演绎着别人的结局。

都说戏子薄情寡义，你为他付出了真心，到最后，他伤你最深。我不知，世人为何对戏子有如此深刻的误会。岂不知，花团锦簇，似锦华衣，亦掩饰不住一个戏子内心的悲戚。锣鼓喧嚣的舞台上，唯见他一个人的孤欢，而台下却是一群人的离散。

人生如戏，戏如人生。平日里，我们总在别人的戏里，或嬉笑，或落泪。于这世间，我们同样只是一个戏子，为生命中的过客做着陪衬，扮演一场又一场不知名的戏。有些人，未必是你所钟情的，有些事，未必是你想经历的。许多时候，你只好接受宿命的安排，在悲情的故事里假装欢愉。

偶然想起2013年版电视剧《笑傲江湖》的结局处，平大夫把东方不败葬入冰湖时说了那么一句话："其实都是有情人，只是很多的事情，终将都被淹没了。"这位叱咤风云的江湖人物，亦只是一个戏子，为了心中所爱，放弃万里河山、千秋霸业。人世间一切虚名功贵，终付与尘土，唯有情爱得以永恒。

《霸王别姬》里的程蝶衣就那样入了戏，他在现实中做梦，分不清自己到底是蝶衣还是虞姬。一句"我本是女娇娥，又不是男儿郎"改变了他的一生。他深陷命运设下的这个局，一辈子没能走出来。段小楼陪他演过了一段姹紫嫣红，最后虞姬选择在戏中了断自己，留下楚霸王，独对断井颓垣。

不是他心狠，是动荡的红尘让他无处藏身。虞姬注定是一个悲剧人物，逃不过情劫。他一生飘零，一生无法把握自己，唯有死，可以做主。程蝶衣把戏当成了真，拔剑自刎的那一刻，他用灵魂，演绎了死亡的美丽。虞姬死了，程蝶衣死了，张国荣也死了。或许他们本来就是同一个人，梦里梦外，都是孤独的戏子。

幼年时，最常看的是乡间社戏。每逢民俗节庆日，便请来天涯戏子，到村里热闹地唱上几天。一般只是六至八人组成的小戏班，他们虽风餐露宿行走江湖，亦讲究这个行业的华丽排场。

画上油彩，他们在台上扮演着剧中的角色，赚取看客的眼泪。曲终人散，卸下妆容，也只是寻常百姓。但总会令人恍惚，有时误以为就是戏中人物，而无端地想象那些发生在他们身上的凄美传说和苍凉故事。

后来，外婆告诉我，她的父亲，就是我的曾外祖父，得祖先恩德，属村里的大户，良田宅院，陶瓷玉器，家底甚为殷实。曾外祖父一生爱花草，喜美玉，尤爱戏曲。村里的戏台，是他捐资修建的，比远近邻村的戏台更为大气华美。每至家人生辰，或遇时令，曾外祖父便请来戏班，摆宴款待，听戏学戏，痴迷不已。

而他，终究没能躲过那场情劫。他爱上了戏里的青衣，那个装扮过杜丽娘、崔莺莺、白素贞和李香君的戏子。外婆说，她见过那戏子，美得不可方物。那女子妖娆、冷艳，亦决绝。曾外祖父不顾族人反对，排除万难，坚持纳她为妾。以为可以将她拯救，从此再不做被人嘲弄的戏子。

她到底还是走了，她说这深宅大院，锁住的只是孤独的灵魂。今生她的归宿是梨园，唯有在戏台上，才可以毫无顾忌地做自己。大概看多了世间凉薄，演了那么多场的戏，又有哪些成了真。美丽的结局给了别人，冷落的散场，唯独留给自己。

曾外祖父竟然因她的离去，从此郁郁寡欢，后时常读汤显祖的《临川四梦》。六十岁那年，便悄然辞世。多年后，我仿佛明白，那个不识字的外婆，为何总能无意说出一些禅语。想来一切都有前因，并非居住在临川才子之乡这样的福地，而是被其父所感染，对世事看得更分明，更透彻。

"往来皆是过客""我们都是戏子"，这样的话，在很小的时候我便听外婆说起。当时年少，不解世情，而今尝遍百味，方觉如梦人生，都是云烟过眼。"我们都是戏子"，每当忆起这句话，内心千回百转，无限悲伤。

红尘是一个喧闹又萧索的大戏台，我们装扮着不同的角色，演绎着离合悲欢，生老病死。到最后，连自己亦分不清哪段是真，哪段又是假。演了一辈子，唱了一辈子，过了一辈子，那些携手并肩的人，随着光阴，且行且远。

落下帷幕，卸下脂粉，世界从此安静。我时常会想象，那些老去的伶人，孤独地守着某座深宅大院，看窗外烟火飞扬。回首一生，晓风残月，千山暮雪，已不知何处是故人家。我那听了一辈子戏的外婆，如今守着风烛残年，又还能看几场人世变幻？曾外祖父将他未了的夙愿，无声地托付给了我们。母亲和我，无不钟情戏曲，也曾几番误入戏中，惆怅彷徨。

戏子入画，一生天涯。据说，有一个戏子叫入画，有个公子对她一见钟情，决意将其赎回，与之长相厮守。入画深知戏子地位卑贱，不忍辜负公子，此生注定行走天涯，南北东西。这故事与曾外祖父的经历有几分相似，又或许，千百年来，戏子都在演绎同样的情节。

对镜上妆，舞着婉转的水袖，再美的戏子，亦抵不过刹那芳华。岁月逐人，你若爱她，就许她天荒地老。若你只是一个如烟的看客，就不要轻易将她惊扰。虽说戏子冷情，也禁不起漫长的等待，承诺似风，你相信了，伤得最深的总是自己。

请不要相信我的美丽

也不要相信我的爱情

在涂满了油彩的面容之下

我有的是颗戏子的心

所以　请千万不要

不要把我的悲哀当真

也别随着我的表演心碎

亲爱的朋友　今生今世

我只是个戏子

永远在别人的故事里

流着自己的泪

年少时，喜读席慕蓉的诗，简洁、委婉、生动，亦情深。她的诗，有一种淡淡的情绪，像江南烟雨，似一壶早茶，让人迷离，爱不释手。许多时候，我们会情不自禁地融入诗中，被她的文字击中心中柔软的情感。

席慕蓉的《戏子》，是一个伶人内心深刻的独白，读罢让人
酸楚而悲伤。戏子每天都在更换着不同的面具，装扮太多的角
色，世人渐次遗忘了他们的过去，仿佛今生就只有一个名字，叫
戏子。

戏子入画，一生天涯。

梅
妻

　　这两个美得令人心醉的字，仿佛是从宋朝的河畔，漂游到今
生的渡口。我的梅妻，其实与宋朝隐士林和靖无关。世间草木
万千，你所钟情的那一种，必是前世的自己。不知哪一世，我与
梅结缘，不然今生亦不会对它如此痴情。

　　我是梅妻，梅妻是我。我曾说过，今生你是我设下的一局
棋，来世我做你宛若梅花的妻。这不是对某个人、某种物的约
定，只觉世间有太多的缺失、太多的错过，唯愿来生可以在最美
年华，早早将自己嫁出去，再不误十年青春。

　　一夜春雨，落尽繁华。还不曾踏赏烂漫春光，已是清明。花

事若人生，仓促短暂，看似一季光影，实则转瞬即逝。每年春日，皆去梅园赶赴一场约定，在千树梅花下，低诉心事。今年竟无端错过花期，待我去时，梅花已零落成尘，只剩一两株晚梅，在寺院的墙角，轻语禅机。

桌案上，简洁的白瓷瓶，斜插一枝粉梅，刹那芳华，已是一世。取一把心爱的梅花紫砂，泡一壶香雪花茶，满室流溢淡淡的茶香。《红楼梦》里有个叫妙玉的女子，品香茗，赏红梅，她的高洁与灵性不与世同。屈原有诗云："朝饮木兰之坠露兮，夕餐秋菊之落英。"想来餐食落英清露，是多么美妙风雅之事，一如此刻，喝茶赏花，隔着竹帘，听窗外落花簌簌，春雨缠绵。

幼时只觉梅花是风雅高洁之物，一般的乡野山村不可多见，它应该落于高墙大院，贵族人家。爱梅，赏梅，咏梅之人，亦属风流高士，兰心女子。后来读陆游的诗，才知梅也长于驿外断桥边，古往今来的过客皆可赏之。梅的高贵、孤傲，却不因它零落驿外，而减了风骨。

幼时那个叫竹源的乡村，恍若世外桃源。春风拂过，百花竞放，有胜雪梨花，如梦桃林，更有田野里漫无边际的油菜花，开到不能收敛。江西多瓷，那时家中时有废弃的瓷瓶，我便用来插花，供于案几，只为留守它们最后的芳华。

而我在书本里读过咏梅之句，看过梅花古画，只觉梅枝冷傲，花瓣清雅逼人。山野之地，似乎总不见它茕茕倩影，只有几树野梅，不同于画中梅花的姿态。我竟不知何故，爱梅成痴。素日里，收集许多与梅花相关的饰品，作几首梅花诗，甚至自己的名字，也写着梅。只盼着有一日可以与梅深情相认，不负经年相思。

"伶伶弱质病中闲，旧梦新词一并删。吟过梅花千百句，可怜犹未识君颜。"多年辗转，因了一段佛缘，来到太湖之滨，梅园旧址。我与梅，恍若久别重逢的故交，那清瘦横斜的枝，淡雅出尘的幽香，一如梦过千百回的风景。从此，我便做了那个踏雪寻梅的女子，在江南的梅园，静守一段红尘誓约。

有梅的地方，是我心灵的故乡。因了梅，此后再也不必背着行囊，千山迢递，云水漂泊。它总在我寂寞无依时，解去烦难，慰藉忧思。我期待着，有那么一天，购置一片田地，依山种梅，修篱植兰。我做了梅花的主人，偶有几个雅客误入山庄，寻梅问茶，暂忘尘世烟火。

此次回归临川故里，去山间拜祭外婆。一路上，见野梅绽放，苍劲古雅，暗香萦怀。想起幼年暮冬时节，我常漫步山林，采折野花，竟不知这野梅，亦是陆游词中长在驿外断桥边，寂寞开无主的梅。原来梅真的不慕繁华，甘守冷清，纵算零落成泥，亦不减风骨。

梅是知己，此番离去，倒也心安。往后的日子，它可以取代我，常伴外婆左右，陪她闲说往事，护她魂魄安宁。山脚下，有几座废弃的宅院，草木丛生。它们的主人，已不知迁徙何处，那些精致古老的石雕、木雕，还可以看到繁盛的从前。

尘埃落处，是那些无法捡拾的岁月。梦里千回百转，依旧是古画江南，村舍人家。黛瓦青墙，烟水长巷，承载着过往绵延不绝的思绪。梦中的我，还是当初那个小女孩，坐于雕花窗下，看天井的雨，挂在屋檐，又落在长满青苔的石阶上。

母亲和邻家的妇人，相聚于厅堂剪纸，一张张喜鹊梅花，散落在桌案上。父亲不知背着药箱去了哪个村落、何处人家。如今想来，那时的乡村医生确实不易，只要有人寻医，无论昼夜寒暑，父亲总是冒着风雪，行走于崎岖山路，上门就诊。而他所挣的诊金，屈指可数，更有许多经年老账，被掩埋在旧时宅院里，不知下落。

父亲说过，一个医者的医术是否精湛固然重要，而他的医德，更应高尚。他此一生，不为誉满杏林，但求护佑苍生。众生的福寿安康，是他唯一的心愿。父亲并非雅士，亦无多少人文底蕴，他自幼研习中医，遍尝百草。我当初对他的职业和付出不以为然，而今竟觉得，他有梅的傲骨和品格。

儿时，母亲常于煤油灯下，等候下乡出诊的父亲归来。柴门雪夜，窗外寒风凛冽，只闻雪花簌簌，时有折竹声惊扰我的睡梦。半夜醒来，总能看到父亲穿着一件军绿大衣，满身积雪。漫长曲折的山路，想来会有梅花相伴，甚至可以偶遇野兔和白狐。有时，农人热忱，家里做了精致点心，父亲从不舍得吃，带回家给我们品尝。

那个悠长得看不到尽头的童年，竟然仓促远去，不复回返。曾经不以为意的光阴，已无从挽留，只剩回忆，饮尽孤独。而今父亲早已背不动他的药箱，多年辛勤奔走，济世救人，让他落下一身疾病。闲时也去山间采药，熬煮那些花草，只是诊治自己。

父亲亦会说起当年他夜晚出诊时一些离奇际遇。从前他总怕母亲担忧，对路上所遇风险刻意隐瞒，现在宛若讲述别人的故事那般轻描淡写。父亲说，独自行走乡间山径，不尽是风雨，也可以欣赏月色的明净和星光的璀璨。可见，母亲眼中那个不解风情的人，亦有柔情之时，只是在朴素的岁月中渐渐消磨。

我的心事，从不与父亲言说，我与梅花的一段情缘，或许他亦无从知晓。世事喧然，只愿日后他做个闲散安逸的老人，守着炉火，煮茶煎药，不问离合。善感的母亲，总会因为我的远游，日夜不得释怀。她曾说过，林黛玉一生以诗词为心，而我则视梅花为知己。我为她的懂得深感安慰，却始终无法让她淡去对我的牵挂。

有时候，爱是负累，时间久了，便成了债。多少次，我渴望一个人飘游四海，不受任何约束，亦无须与谁道说平安。哪怕有一天迷失在无人的荒野，醉倒在阑珊的街头，亦可无惧。非我无情，倘若爱带来的是无尽的期盼和牵念，莫如从不曾拥有。

再美的时光，再深情的爱，都会走到尽头，转身即成沧海。唯有草木，可以不图回报，伴你地久天长。它不会询问你的过往，也不会强求你交付真心，没有相欠，亦无须偿还。就那样淡淡相陪，守着你慢慢老去，你若不离，它定不弃。

往后任凭人生变幻，我当惜缘守诺，与梅花做一世知己。今生若有憾，且留待来生，来生我依然投生于江南某个小村落，只是再也不选择远行。安于宿命，嫁给邻村一个朴实温和的男子，做他的梅妻。

院子里的梅花开了又落，人生故事，亦在年华的交替中匆匆而过。"望着窗外，只要想起一生中后悔的事／梅花便落满了南山。"①这是一个叫张枣的诗人所写的诗文。只需记住这一句，便可以安静地看缤纷落英，看枯荣人世，看光阴两岸，那些渐行渐远的风景。

---

① 节选自诗人张枣的诗《镜中》。

过 客

李白吟："夫天地者，万物之逆旅也；光阴者，百代之过客也。"春天一过，便生出急景凋年、仓皇失措之感。日影飞逝，许多与春天相关的约定，来不及兑现，已付诸东风。人世风景，终究亦只是相忘。我错过那个意气风发的少年，错过擦肩的流云，错过萍聚的鸥鹭，也错过了深深庭院里的月光。

往来皆过客，何曾有归人。年少时，我喜欢寂寂萧索的清秋，后来喜爱绿荫阵阵的夏日，到如今，独爱三月的韶华胜极。想来我竟是这样一个俗人，世间一切华丽深邃皆爱，虽不羡名利，却到底还是为生活荒废了珍贵的时间。

　　人生多少事，无论紧要还是闲逸，亦不过随日子一桩一桩地过去了。这些年，走过许多城，遇见许多人，留宿过驿站，终有了一间属于自己的陋室。古老的小屋，于城市高楼繁华的背景下，像是被遗忘的记忆。这样旧时民居的黛瓦青墙，令我有一种熟悉的依恋和短暂的归属。

　　许多小院，被老人围上了木栅栏，种满了四季花草。藤蔓爬满的墙壁，多了几许清凉，在清凉之夜，生出禅意。一个人的时光，简衣素食，岁序静好，可寂寞不知是有意还是无心，总提醒我，这里并非最后的归宿。多少个霞色黄昏，我希望可以寄身于飘飞的燕子，只需越过千里征程，便可落入故处人家。

　　如黛青山，云烟深处，是古老庄严的徽派建筑，流淌着典雅的明清遗韵。层楼叠院，飞檐翘角，门口的牌匾，厅堂的横梁，还有石柱窗子，雕刻着精美的图案。其间不乏古今典故，亦有戏文里的传说，这些图案，皆随古人喜好或匠人的技艺。

　　旧时村落，一幢房舍分东西南北好几间厢房。大户人家，子孙兴旺者方可独家居住一院。人丁单薄，或清贫之士，则居住三四户人家。寻常日子，各自男耕女织，和睦相处。若遇年节之时，几户人家准备好供品，同拜一个祖宗堂。或谁家做了好吃的菜肴、糕点，亦相互传送品尝，亲密友善。

母亲在村里居住二十多年，从未与人有过丝毫的争执，更莫说红脸拌嘴。邻里几户，若送来自制的水饺、米饭、糯米饭等，不几日母亲必定要做上美食，让我送还。有时食物太少，自家不吃，亦要给人盛上满满一碗。母亲说这是人情，深沉如海，任何时候都不可轻视。

那时村里世代务农，并无多少商贾往来。但亦有远近他乡的客人来访，或亲朋，或邻友，还有一些素未相识的江湖过客。母亲总会从屋里搜寻着待客的点心，取出素日不舍得吃的腊肉、咸鱼，在厨房里生火忙碌。父亲则从厢房取出深藏的好酒，与客人对坐闲话。而我欣喜地沉浸在茶烟日色里，只觉风景无有不好。

云中烟火、世外桃源亦是凡尘人家，没有劫难，安稳平和。老式桌椅，主客围坐一起薪火煮茗，江山无恙，人世依然。旧时兴亡之事，不过如花开花落、月圆月缺。寻常百姓的生活，就是这样斜阳庭院，风静日闲。而那些走街串巷的商旅，皆为岁月荡子，今日停留在你的屋檐下，明日又不知流落何处天涯。

不承想，我亦有这么一天，沧浪行舟，客居他乡。隐隐青山非故山，秀丽之水非故水。可见我到底还是个庸人，行走红尘数十载，看惯世情，当早已从容自若。竟还有分别心，生出倦客之意。世间万物何来亲疏、贵贱之分，无论是故乡之物，还是异乡之物，我皆当爱之、敬之。

外婆一句话，惊醒梦中人。自从小舅和外公相继离世后，她便心意阑珊。她说，来往路人皆同过客，纵是夫妻、母子，亦有缘尽时。死者如灯灭，在世间留下的爱恨，皆已不记得，不过是岗上一座孤坟，何来惆怅。唯有生者日夜哀思，反复地回忆过往片段，悲伤不已。

果真，小舅去世的头几年，外婆昼夜流泪。时间渐次抚平了心中伤痛，她已释然，说只当他是个荡子，远行去了。从初时的朝思暮想，到后来藏于心底深处，外婆自是参悟了生死。

直至去年，外婆病卧在床，自知时日无多。那夜，母亲坐于她床前，外婆轻抚自己的额头，说了一句："这次真的要走了。"母亲只是落泪，她反倒劝慰："有什么好哭，总有这一天的。你我母女情深，但今生缘尽，你自保重。这世上，我已了无牵挂。"

外婆怕给后辈增添麻烦，硬是支撑了一夜，次日凌晨辞世。死生一瞬，人与人，人和物，从此相隔，再不相会。外婆虽在人间九十四载，亦只是红尘过客，行走一遭，死后化作一缕轻烟，无色无相，无往无来。

昨夜外婆入梦来，一句话亦不说，只静坐在一把旧色椅子上，面容安静。梦中，竟知晓她和我，已经隔世。四更醒来，风雨敲窗，心生惧意，更多的则是无奈和悲凉。早些年，善感的我有过厌世之心，唯愿时光如飞，得以仓促老死。如今却懂得珍爱生命，深知逝者无心，生者则会山河俱裂，天地荒芜。

这世上，有一种爱是无私的，无须当债一样去偿还，那就是亲情。若是漂泊倦了，孤独无依，唯有一处可以投奔。父母恩情，浩荡如青山绿水，纵是天地背离，他们亦会将你收留。那个叫家的地方，或许不够明敞，不够富有，只要有一间陋室，一碗米饭，亦可安身立命。

我愿以过客的身份，停留在故乡的宅院。像儿时那般，躺在雕花的古床上，透过瓦檐、窗隙的亮光，想象宁静的乡村在晨晓里的美丽。墙外的井边，排队挑水的人在闲说风云故事。父亲早起去灶台生火，母亲坐于镜前梳妆。我假装在睡梦中，怕晨起那节早读课，怕教书先生问起昨日那道难解的算术题。

虽处梦境，却事事皆真，过客之心减去几分，亦不觉飘荡，不禁暗然自喜。可见，无论行经多少山长水远的路途，心底终是闲静的。人世风光无际，岁月无言，我不过是陌上行人，亦该有春风的明丽和旷达。沧桑世态，炎凉冷暖，此刻亦如晴天朗日，淡得闲远。

长亭短亭，晨走暮留，望不见天涯道路，我当作一世修行。有时，只觉自己是戏文里走出的女子，步步生莲，直到世景荒芜，方肯离去。

台湾诗人郑愁予曾写过一首《错误》，那美丽的句子，怅惘的故事，触动了许多人内心深处的情结。我亦是其中一个，曾深深地爱过。

我打江南走过
那等在季节里的容颜如莲花的开落

东风不来，三月的柳絮不飞
你底心如小小的寂寞的城

相逢如初见

回首是一生

恰若青石的街道向晚

跫音不响，三月的春帷不揭

你底心是小小的窗扉紧掩

我达达的马蹄是美丽的错误

我不是归人，是个过客……

相
逢

　　人生何处不相逢，可分明有些人，用尽一世的光阴，亦等不到那个执手相依的人。相逢是缘，你不知道那个人何时会出现，只痴痴地伫立于时光路口，等候前世的约定，今生的重逢。

　　生命中，多少匆匆过客，于来来去去间不留痕迹。时间久了，曾经刻骨的相逢，亦变得模糊不清。唯有在夜深独坐时，还能找到一些恍惚的影子，带着感伤的追忆和淡淡的柔情。

　　行走在锦绣如织的人间，看似摩肩接踵的相逢，实则同生共死的只有孤独的自己。有些值得珍爱的人，藏于记忆深处，只消偶尔温柔地想起。有些人，不过是看罢即忘的风景，转瞬扫落尘埃。

君子之交清淡如水，过于情深则不寿。外婆说，她这一生知交有那么几个，亦只是平淡地相处。年轻时，一起于庭院绣花织布，各自相夫教子。年纪大了，聚于花荫下，摇着蒲扇，闲说家常。

母亲亦是如此，居住于古老村落数十年，与乡邻村妇皆一般亲近。素日里，与邻院几位妇人相伴采茶拔笋，或徒步几十里山路，去邻村看一场戏。年年岁岁，过着春种秋收的平淡日子，不曾与人有过丝毫争执。后来迁徙到小镇，亦与邻人相处平和，各自亲善。

而我，为了求学，从十余岁便孤身飘游，一路风尘，似乎有了更多的相逢。所遇见的人和事，亦不如乡野农家那般朴素简净。但终究是友善的，亦有那么几个可以读懂内心的人成了过客，一去不回。

品过冷暖，深知不是所有相逢皆为美丽。你千山万水要寻找的人，也许对你无多喜爱。你想方设法要逃离的人，却对你痴心不改。拥有了，不愿意珍惜，失去了，又渴盼着重来。

简洁之人，情感亦是明朗清澈。这一生有过太多的遇见，无数的相逢，能够与之交集的，只有那么几人。世间情意如同净水清风，不必轻易承诺，亦不要轻言爱恨。多少知交，清淡方能持久，随缘亦可自在。

做一个清淡之人，视离合聚散、荣华清苦为寻常世事，从容待之。年轻时不解人情，只愿青春做伴，花好月圆，竟不知人世幻灭有定，开落有序。待到年岁渐老，尝遍世味，再不管三生石上，谁与谁相逢，谁与谁又缘尽。

近日来，总怀念幼年时在乡村的岁月，那时故事简约古朴，相逢亦是明净纯粹。秀丽村庄，万物天然，不事雕饰，花木皆有灵性，山水亦懂人情。我愿向沿街挑担的卖货郎询问来处，与行走天涯的戏子道说平安。

外婆说，这辈子她去过的最远的地方，就是县城；见过的最真的人，还是在村庄。安守于古老村落，没有多少惊喜的遇见，日日与几位旧邻共处，平淡真心。如今，她已是忘川河畔一缕飘

游的魂魄，不知投生于何处人家。下一世人间，又不知会有怎样
的相逢。

一个人独处，日子静得听不见一点声音。那些被时间删去的
许多记忆重复拼凑，被遗忘淡去的故人又重新想起。当年挥手道
别时，都说江湖相忘，各自安好。不曾想，那些点滴过往，于流
年深处，总是明灭难消。

不要怪相逢太晚，此一生，在适当的时间，遇见适当的人。
有些美丽的错过，胜于无趣的相逢。都说相见莫如怀念，聚时欢
乐，离时悲戚。有些人，有些爱，隔了山水几程，反而细心呵
护，令人珍惜。

"淡极始知花更艳，愁多焉得玉无痕。"此为《红楼梦》里
薛宝钗《咏白海棠》之句。她的诗，一如她的气质、她的情怀。
薛宝钗不爱艳妆，爱雅淡，无论何时何境，皆安分随和，藏愚守
拙。相比黛玉之多情善感，宝钗更有一种宁静娴雅。

相逢是缘，相离亦是缘。那些曾经有过誓约、许下山盟的
人，最后悄无声息。那些素日无多言语、淡如白水的人，始终不
离不舍。缘分的河流从容漂荡，今日一段美好的时光同舟共渡，

明日不知又会登上谁的客船。

许多人的世界，我们走不进去，亦无须走进去。浩瀚人世，渺若微尘的你我，于千万个人中相逢，已是机缘。有一天，不经意走失，或许在多年以后，还可以找到阔别已久的音容。

其实，父子母女之间的相逢，亦是缘分。不知积累了多少世，今生才会成为至亲至爱之人。你漫不经心地错过，来生再无从寻找，哪怕是走过的淡淡痕迹。许多道理我们都懂，只是一入凡尘，多少心情都给了纷繁的生活。留下些许温暖记忆，又禁得起多久的消磨。

父母年迈，多年来，我独自漂泊千里之外，内心知晓与他们的重逢是见一次则少一次。这世上，许多人同我这般如漂萍无踪迹，离了亲人，恩情难报。亦想回到旧宅故里，和父母亲人愉悦度日，终放不下如烟的现世，抵不过岁月的追赶。

那些曾经遇见的人、经过的事，无论爱或不爱，欢乐或悲伤，都成了回忆，缓缓地淡出生命，直到忘记，直到消失在漫漫风烟里。

相逢是首歌，同行是你和我。纵算以后走丢了彼此，亦无须去寻找和等待，有缘的终会重逢，无缘的换一声叹息。

多少情感，像尘埃一样来去。多少相逢，被匆匆写下结局。那么多的故人远去，那么多的繁华落尽，抹去昨天所有的记忆，又该拿什么来淡淡送离。

黄昏

落霞孤鹜，秋水长天。每至秋日黄昏，总会想起唐人王勃在《滕王阁序》中所写之句。那般情境，一晃已过千年，却是映在画中，不曾为谁而有半分删改。斜阳脉脉，染柳烟浓，记忆中的黄昏，虽也明净苍茫，但终究带着美丽的感伤、无言的惆怅。

悠悠沧海，三十年不过是岁月洪荒里的一粒尘沙，微不足道。于我，则过尽半世芳华，青春不再。我亦曾从一个不谙世事的小女孩，随同光阴徙转，成了今朝模样。多少个日落黄昏，就那么轻描淡写地过去了。可昨日烟火，在过往深处，总是明灭难消。

　　幼时单纯，不懂人间清愁，更不知"夕阳无限好，只是近黄昏"的悲凉。我安于江南某个小村落，山深路遥，与繁闹的外界无多往来。黄昏里最常见的一幕，则是流水炊烟，倦鸟投林，农人归家。

　　小舟系在池塘边的柳树下，父兄采挖的莲藕在池水里清洗后，鲜嫩白净。而我和姐姐细致地挑拣刚打捞的菱角，给母亲备好今晚的食材。落日熔金，染醉了半片天空，云霞叠浪，瑰丽似锦，恍若山风打翻了颜料，美得惊心。

　　转过那片翠绿的小竹林，就可以看到黛瓦青墙。简陋的厨房里，母亲烧着柴火，炒上几道自家种的小菜。斜阳洒在灶台上，陶罐里的佐料，也好似染了色彩。暮色四合，煤油灯下，剥开煮熟的菱角，雪白如玉，香糯可口。最后一点余晖，在庭院的天井里渐渐敛去。

　　后来在书本里读到江淹写的《采菱曲》，有两句："秋日心容与，涉水望碧莲。紫菱亦可采，试以缓愁年。"方觉那些兰舟独上，卷衣采菱的日子，如梦似幻，美丽至极。而我亦随着无数个日落黄昏，从青涩的小女孩，长成了绰约风姿的妙龄女子，为解心中愁绪，划着兰桨，唱起了采菱的歌。年

长我几岁的姐姐，则早早地离开乡村，去了充满幻想的遥远
都市。

那时黄昏，果真多了另一种意味。我爱上了宋词，恋上了戏
曲，也与多愁善感成了知交。晚霞日落，不再只是纯粹的美丽。
读罢赵令畤的"断送一生憔悴，只消几个黄昏？"，我感受到前
所未有的苍凉。独坐于老旧的木楼上，远眺斜阳，似要将秋水望
穿，却不知远方的归人是谁，又到底在哪里。

楼下的戏台，已是锣鼓喧天。虽是偏远乡间，若遇民俗时
令，或节庆之日，也会请来戏班，热闹地唱上几天大戏。村人们
踏着晚霞归来，洗去一日劳作的尘土，穿上洁净的衣裤，早早坐
于台下，等待一场戏的开幕。老友相聚，或带几壶陈年老酒，或
泡几盏新摘的野茶，沉醉在生旦圆润婉转的唱腔里，忘记春秋，
不知古今。

"只见远树寒鸦，岸草汀沙，满目黄花，几缕残霞。快先把
云帆高挂，月明直下，便东风刮，莫消停疾进发。"卧病在床的
倩女，为追随王文举，魂魄离体，不惧万水千山，同他赴京。而
台下的我，早已被那凄美的唱词，感动得泪流满面。竟忘了，这
只是戏曲家编排的一出戏，是自己过于当真，入戏太深，无法轻

易走出来。

终于有一天，我背上行囊，为了所谓的前程，在日落斜阳下，离开故里。穿过烟雨巷，告别折柳亭，深知以往和草木山水为邻的岁月已是前生。若生于古代，我亦不过是一个平凡的闺阁女子，守着柴门里的朱帘小窗，看几场花事，有幸读几阕《小山词》。或在戏文里，找到了梦的依托，偶尔扮一回青衣，唱几出折子戏。

而后，听命于父母的安排，嫁给村里的某个少年。那种生死契阔，与子成说的爱情，或许不会有，却也可以相敬如宾，举案齐眉。以后的日子，平凡生养，相夫教子，伴随晨昏日落，慢慢老去。

世事无定，曾经渴望远走他乡，遍赏世间风景，最终被赋予了漂萍的命运。这一切，像是岁月对我的惩罚，到如今，依旧不依不饶。生活最初给了许多人美丽的想象，时间久了，方知人生无处不红尘。当年的肤浅，被今时的深沉所取代，不必千帆过尽，已解百态人情。

这时黄昏，更添几番人世况味。或遇斜阳映画，烟雨敲窗，心中必是感慨万千，无所适从。久而久之，黄昏成了一种病，在许多个不经意的时候，不约而至，如影相随。无论是否安家落户、衣食无忧，终觉只是天地间一个过客，少了幼时乡村那般不与世争的安然。

黄昏给天涯旅人带来太多的感伤，因为我们都需要一个安放心灵的归宿。那些围炉煮酒、雨夜谈心的闲情日子，早已锁进了旧庭深院，不复再来。我开始惧怕黄昏，它总是带给我一种遗世的孤独和寥落。仿佛在提醒，我的青春，已然渐行渐远。

如若心有归依，又何惧风霜相催，岂不知，坐断黄昏，可换来月夜长宁。我心浮沉，没有陶潜采菊东篱、终老南山的悠然闲逸，总在暮色时分，感叹人生风尘无主。时光无情，纵算我诚心悔过，亦不能返回乡间泛舟采菱，更不能在村落里觅得一个男子，与他携手日落，共度流年。

此刻秋雨黄昏，寒蝉惊梦，内心百转千回，皆因多年漂泊所致。黄昏本无罪，是世人太过情多，将回忆当作远行的资本。卸下白日粉尘，一切故事行将落幕。告别今日，那未知的明天，何曾遥远。

想起《红楼梦》里，林黛玉曾在一个秋窗风雨夜，填写一阕《秋窗风雨夕》。这个冰雪聪明的女子，凭借文字，不知挨过多少个凄清黄昏。她寄人篱下的命运，注定了一生的悲剧。偏生曹雪芹，那般狠心，给了她嗽疾。每岁至春分、秋分之后，黛玉必犯此病，她的黄昏以及长夜，在药香中度过，最终还是魂断潇湘馆，情绝大观园。

每个人的心里，都有一座无法舍弃的城池，我的城，在儿时的故土。那里的一石一木、一砖一瓦，都有记忆，蕴含情感。而黄昏，竟成了时光梦里的归宿。仿佛它所在之处，应该温暖宁静，再不必流离失所。

短暂黄昏，亦只是一段注定消逝的风景，每一天，皆不可替代，都值得珍惜。晚风多情，弹一曲《禅茶一味》，拂去日落的怅惘。我本爱明月清风，又何须为谁更改心情。

虽如此，终难忘乡村小楼，秋景斜阳。依稀听见，那古老的戏台上，有舞着水袖的戏子唱道："风定也，落日摇帆映绿蒲，白云秋窄的鸣箫鼓。何处菱歌，唤起江湖？"

江湖变幻风云，却不改初颜，而我们在时光的浩海中，沧桑老去。我盼着那一天，到了黄昏之龄，可以重回故里，在烟柳霞光下，泛舟采菱。不知道，那深深庭院里，还有谁为我点亮一盏煤油灯，谁与我共饮一壶陈年佳酿。

云横雁字，斜阳古道。何处菱歌，唤起江湖？

远 行

    最美的风景，总是在远方。这像是对光阴的约定，为了这约定，我试图走出生命中那扇小小幽窗，邂逅世间万千风物。如此匆匆跋涉，赶赴一场人间烟火，并非我所愿。倘若可以，我宁愿安然于一间小院，静守一朵花开，等候一只南归的燕子，为它讲述苍绿的流年。

    未知的风景，陌生的城市，于许多人来说，充满了想象和诱惑。他们为了满足内心宏伟而美好的心愿，不惜征程万里，河山踏遍，直至寻到人生最终的归宿。这个过程，足以让你倾尽所有珍贵的青春、安稳的幸福，以及原本纯真的自我。

年少时，总听见父辈对我们说："好儿女志在四方，不可留恋家园。"那时全然忘记先人留下的古训："父母在，不远游。"仿佛唯有走出狭窄的山村，才能觅到远方瑰丽的风景。阅历对一个人来说，是给岁月最好的交代。任何逗留和闲庭信步，都是对时光的辜负，亦将接受世事的惩罚。

我虽为女子，尚无几多豪情壮志，却不曾免俗，也随凡尘步履，听从了漂泊的安排。这些年，天涯辗转，离合看遍，儿时的故里在记忆里开始模糊不清。曾经古朴的乡村、老旧的农舍、山花野草、淡饭粗茶，竟成了穷尽一生回不去的地方。

梦里多少次，回到黛瓦青墙的老宅，和年迈的外婆围炉煮茶，说说老去的故事。多雨的南方，天井长满了苔藓，野花遍地开放。只要守着一座庭院，就可以赏阅草木清波、明月冬雪。醒来后，我依旧背负行囊，如同过客一般徒步奔走，不为信仰，只是远行。

外婆说，旧时女子虽不曾见过大千世界、百态繁华，却可以守着小小村庄，平静度日。无论是待字闺中，还是嫁作人妇，闲时无事，亦可相聚一处，织布绣花，采茶剥莲。日子虽清简，却亦是别无所求。

若有远行经商求学的男子归来，则听他们讲述外边的风云世事、繁闹喧嚣。亦曾有过渴望和向往，但终舍不下窗前的月、门外的柳、绣篮里的布，还有灶台的烟。她们的一生，都留给了生养的故土，荣辱相随，悲欢与共，竟是无悔无怨。尽管她们没能乘过远行的车马，错过了许多美丽的相逢，却亦在属于自己的人生旅程中赏阅四时风景、秋月春风。

外婆和母亲有幸，一辈子不曾经受旅途奔波，但岁月亦没有偏袒，在她们曾经美丽的容颜上雕刻了沧桑的印记。她们从未跋山涉水，却也是风景看遍，世味尽尝。没能远行，俯视锦绣山河、名川古迹，遗憾在所难免，却也避开了许多乱世浮烟。但她们的生命，因为我们的漂泊，从此有了无尽的等待和企盼。

湿润的石板路上，老旧的木门边，时常有她们的身影。牵挂染白了头发，她们远行的子女，总是不能如期而归。我为自己的违诺而深感愧疚，并非贪恋远方风景，亦不是安享现世荣华，有些路程，一旦行走，就再难止步。相聚看似咫尺，回首总是天涯。

不忍父母牵念，只好故作欢颜，高谈阔论外面的世界是如何精彩纷呈，竟忽略了独在异乡举目无亲的悲凉。他们不知，倘若命运允许重新选择，我愿意做个毫无志向的女子，承欢膝下，但求安宁。

当年雕花的小窗、老旧的木楼，因为我的离去，亦经历了迁徙。那个倚栏看炊烟的女孩，早已走出雨巷，涉水远行。有时候，我觉得自己是一个粉墨登场的青衣，带着对凡尘的依恋和不舍，游走于大江南北，忘了当初的追求。这世上有不老的风景，却没有永驻的青春，我已秋水苍颜，时光依旧无恙。

其实，我去的地方并不多。大漠的孤烟、天山的雪峰、塞北的草原、高山的湖泊，那些都是此生还不曾邂逅的风景。一切际遇，皆因缘起，假若今生有缘，纵是远隔千山，亦可相逢。人的一生其实在追寻过程，而非结果，有一天你为一棵树、一朵花放弃远方，则是修为。若无须凭借外物，便可感知自然万象，则为圆满。

离开故乡，所有的去处，都是天涯。无论你是安身立命，还是仓促奔走，终究是远行。而每个人亦有心灵的故土，有人忠于爱情，有人皈依禅佛；有人迷恋名利，有人逍遥山水。心之所想，心之所悦，流离亦是欣慰，漂泊也可安逸。

汪国真写过一首诗,叫《旅行》。"凡是遥远的地方／对我们都有一种诱惑／不是诱惑于美丽／就是诱惑于传说／／即使远方的风景／并不尽如人意／我们也无须在乎／因为这实在是一个／迷人的错／／到远方去／到远方去／熟悉的地方没有景色。"

曾经对着巍然苍翠的青山、滔滔不尽的江流许过誓言,今生愿历千劫,尝苦楚,不惧春秋飞逝更换,日月穿梭回转。这些年行走于纷繁世间,被种种光阴碎片砸伤,竟心生悔意。如今只希望时光可以宽容些,再宽容些,让我静守窗外的一帘风景,任凭那些不老的植物,绿意弥漫。

回首烟云,走过青山水泽,见惯秋草衰杨,竟浑然不觉光阴的宁静和美丽。许多人同我这般,所能看到的,是岁月带来的伤害。执着地追求那些一去不回的青春,忽略了它曾经恩赐的爱和暖。

那些曾经诱惑过我的远方景致和想象中的江湖,其实一直围绕在身边,从未远离过。此后,我该抛名利,卧烟霞,弄笔窗前,煮茗檐下。闲时漫步竹林湖边,偶遇园翁钓叟,畅谈人生。或访深山古刹,邂逅僧客仙人,问道说禅。

　　过往掀起的尘烟，在静坐的时光里落下去了。此番心情，有如一壶被冲泡了多次的茶，虽清淡无味，却不失韵香。世间万物皆是如此，到了境界，便宁和高远。

　　其实，最美的风景，不在远方，只在当年。我心所愿，有一天归去故里，旧时庭院还在。那些一生不曾离开故土的人，也只老去一点点。

卷五 ◎ 山河总静好，人事亦从容

—相逢如初见 一回首是一生—

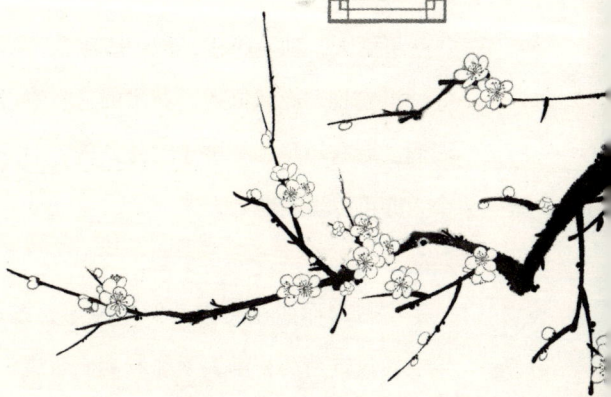

流
年

下雨天，独坐小楼，泡一壶闲茶，听一曲《游园惊梦》，静守现世安稳。凉风拂过，花木的芳香飘散于潮湿的空气里，清甜温润。所有浮华，皆关于门外。倘若时光愿意这般缓慢流淌，一个人亦可以坐到地老天荒。

"则为你如花美眷，似水流年，是答儿闲寻遍。在幽闺自怜。转过这芍药栏前，紧靠着湖山石边……"如此锦句华章，轻柔雅乐，似一株幽兰，于流年深处，逶迤而来。

一个人是诗，两个人是画。世间至美的风景，或许终究需要有人相陪，纵是有伤害和辜负，亦当无悔。约好了，一起将风景看透，约好了，陪你细水长流。后来，一个转身，一个停留，彼此已是陌路天涯。

时间都去了哪儿？许多的事还来不及好好地做，许多人还来不及好好地爱，就已经老了。过往的岁月，像一部漫长的电影，从黑白到彩色，一幕幕，那么真实，却都只能留存在回忆里。所幸，曾经拥有过，一直都在，无论快乐或悲伤，荣华或清苦，都无法重新删改。

外婆说，人生真的很短暂，看过几度花开花落、几回月圆月缺，日子就那么过去了。她与外公相伴六十余载，亦经历风雨，有过跌宕，却彼此相守，没有离弃。最美的爱情，不争朝夕，而是经得起平淡的流年。直到那一天，谁先离去，亦无须过于心伤。缘起缘尽，早已注定，凡尘中的人，不过是履行那个过程。

儿时光阴，分明只有短短几载，却好似走过万水千山，值得用一生来回首。世俗人家，日色阡陌，柳溪梅亭，皆是风光无际。当年遇见的人和事，被封存在过去，依旧静好。

直到每次回家，与母亲同榻而眠，方觉人世早已偷换。那些记忆中精神矍铄的老者，相继离世。比我更小的孩童，亦是成家立业。母亲两鬓的白发，那般醒目，我怪怨自己这些年忽略了太多。他们都被时间匆匆追逐，仓促地老去。只有我，还在旧时光里停留，不愿醒转。

母亲会不厌其烦地讲述她年轻时的故事，于人情，她总是寻常心相待，不过于亲热，亦不疏离。她怀念的，是曾经居住过的老宅，是她每日辛勤打理的菜园，是喂养了多年的鸡鸭，是晒于柴草上的金银花，是戏台上那出散场了的戏。

年少时不解，只觉母亲不过一平凡村妇，一生去过的最远的地方是省城。皆因父亲患病，无奈相伴，记忆中唯有焦虑和辛酸。后来孤身经世，历了风雨，方知母亲内心，亦是浩荡明净。奈何生于旧时农家，读书有限，又为女子，纵有抱负，亦归沉静。

从村落迁徙到小镇，她已年近五十，最美的光阴留在了那个朴素的地方。她与父亲，男耕女织，夫唱妇随，不算恩爱，亦相守情长。母亲说，许多的时间，都是在等待里度过。日暮时，立于灶台前烧着饭菜，想着打柴的父亲是否会早些归来。夜里父亲下乡出诊，母亲亦是不敢入眠，担忧山路崎岖，虫蛇走动，盼着出行的父亲可以平安到家。

父亲亦知母亲担忧，一生简朴忠实，出去打柴不赏峰峦万状，不看溪水湖畔妙丽的浣纱女子。出诊时过酒铺不买醉，遇押牌九只作视而不见。若逢农人好友给予时新蔬果、糕点青团，亦不舍得吃，只带了回来，留给妻儿。

原来，时间都给我们兑现了，给了长亭短巷，给了春风秋月。我喜爱旧式的深宅大院，喜爱简洁的百姓柴院，因为那里收藏了老一辈的青春和过往。曾经江山胜极的炊烟村落，已是残照里的风景，画堂人家，红烛高照，已随水成尘。只余那几口废弃的古井，年年清波，所待何人？细雨归来的燕子，亦不知衔泥去往谁家。

每年回家，总不忘走一遍荒置的小巷古宅，纵是野草蔓生，断垣残壁，到底还是觉得亲近。静物无声，多少人世兴废沧桑，阴晴冷暖，皆藏于其间。石柱雕梁，天井幽窗，月色竹影，相看无猜，它们慨然坚守于此，哪怕只有一只燕子归来，只有一个人打身旁走过，都是值得。

我不由得想起唐人的一首古诗："千山鸟飞绝，万径人踪灭。孤舟蓑笠翁，独钓寒江雪。"冰雪之地，栖鸟不飞，行人绝迹，只有一位老翁独坐孤舟，垂钓江雪。苍茫大地，日月山川，人是那么渺小，然一草一木，皆可含情立意，寄怀深远。那些被遗忘的旧物，又何尝不是风景，尽管世事如梦，它们依旧情深意长。

外公在世时，亦时常独自去江畔、湖边垂钓。一壶老酒，一根钓竿，一个竹篓，再无其他。木舟岩石，枯藤草地，皆可席地而坐。去了则是一下午，有时满载而归，有时则空手而回。饭桌上，外婆会问起，明知今日无鱼，为何还静坐一下午，费了时光。外公则饮酒自乐，笑说，钓不到鱼，还可以钓白云清风、明月秋水。

我当时不解，脑中会映出那样一幅画面，一位老者，悠闲地垂钓白云清风，怡然自乐。后读罢书卷，知晓人世，方觉外公竟是至雅之人，与垂钓江雪的老翁那般，有着隐士风骨。一生安于山林乡野，恬淡闲逸，自在无争。

千古风流人物、明君霸主，一如那巍峨山河，葬于残照西风里。外公所愿，做个心无志向的山野村夫，日饮美酒，餐食野味，老妻在侧，儿孙满堂。父亲不是读书人，无此风雅，他的世界则是钻研中草药，走乡下村，为患者治病，风雨无阻。

人生在世，皆有各自的使命，无论崇高或是平凡，一样值得钦佩。寻常百姓，不遇劫数，无须流亡，只需守着闲静的日子，辛勤耕耘，活着便是境界。虽有无常起落，唯求做好当下，不贪功贵，亦无惧人世飘忽。看似悠长的岁月，转瞬就过去了，悲欢离合，不过一世。

时常与人说起，幼时院里的梨花似雪，青苔藤蔓爬满老墙。说起燕子归来，绿水环绕巷陌人家。说起花荫树下，一起捉迷藏嬉戏。说起十里荷塘，结伴采莲的盛景。说起戏台上唱着"良辰美景奈何天，赏心乐事谁家院"，戏台下则是紫气红尘，人生百相。

我又与人说起，但愿余生可以寻自己喜爱的江南小村落，安静地活着。养一池的莲，只为了听雨。种一山的梅，只为青梅泡酒。栽一山的茶，亲自采茶、制茶、品茶。也许那时，许多人都离了都城闹市，守着闲静岁序，淡看花开花谢。

"旧时王谢堂前燕，飞入寻常百姓家。"深庭旧院，石桥小舟依然安在，田埂河畔，有荷锄浣纱的男女。时光从容有序，流年闲庭信步，我愿与众生一起修行，于烟火中，安享平凡简单的幸福。

旧
物

旧物不言，时光惊雪。白云溪水，草木山石，但凡是美好的事物，皆入了禅的境界。哪怕落入俗世沧海，亦有灵性，不受熏染，保持当年姿态，一如初心。

我喜爱作家沈从文的一段文字："我行过许多地方的桥，看过许多次数的云，喝过许多种类的酒，却只爱过一个正当最好年龄的人。我应当为自己庆幸……"那个正当最好年龄的人，当为张兆和。而他行走过那么多地方，看过那么多风景，最爱的，依旧是故乡湘西凤凰。

我不是一个长情的人，只觉人心飘忽迷离，善变难捉。而物

则贞静自然，不事雕饰。千古兴亡，人只是匆匆过客，多少王侯
将相，亦不过留名于世。唯山河不改，旧物依然，纵是埋入尘泥
千秋万载，亦可重回初时模样。少了几许鲜妍，添了几分世味和
风骨。

人与人的情缘，最长的不过一生，过了奈何桥，喝了孟婆
汤，来世遇见也认作陌路。就算前缘再续，相处时亦会有厌烦疏
离之时。人与物的情缘，却可累世经年，你霜华满鬓，美人迟
暮，它痴心不改；你孤立无援，它不离不舍。

贾宝玉摘不下他的通灵宝玉，薛宝钗忘不了她的金锁，林黛
玉亦割舍不了她的一窗翠竹、几卷诗文。就连观音大士，亦舍不
下她的净瓶柳枝。旧物情深，它陪你蹉跎华年，荣枯一世，携手
走过山长水远，不诉离殇。

我对旧物，有着难以言说的情感，仿佛三生石上曾执手许过
誓言，总不肯辜负。对人尚可转身而去，将往事遗落于风尘中，
渐行渐远。旧物的美，含蓄内敛，从容忧伤，落满岁月尘埃，有
时光味道，不张扬凌乱，却古老高傲。朴素不失静美，简约不减
风姿，沧桑不少韵味。

我对旧物，博爱而情深。外婆传给我的银饰、玉佩、小锁，皆因年幼不懂珍爱，又几度迁徙离散，留下为数不多的几件，被我深藏。儿时家里有几件老式花瓶，青瓷陶罐，我亦十分喜爱，终因搬迁，落得不明下落。

唯剩几件旧物，我多番叮嘱母亲，切勿再要丢弃。今又逢搬迁，归家之时，见母亲特意为我留了一间清静雅致的小屋。窗外，有几树芭蕉，一条细窄的小河，白云游走，视野甚为开阔。我十岁那年父母请木匠到家里打制的木床，安置于室内。临窗还搁了一把古老的木摇椅，它随我经世多年，我对其情有独钟。

来访的亲邻不解，缘何现代的白墙楼房，置放这样古老的家具，岂不是煞了风景。母亲为我辩解，只说我对旧物有种情结，不能割舍。我只淡然一笑，实在不知该用何言语来诠释内心对旧物的痴爱。百年之后，不知它们会流落何方，今世的缘分，却想好好维系。

外婆对旧物，亦是深爱。那张雕花的古床，为清末曾外祖父成亲时的家具，后传与外公，再经民国乱世，一直陪伴外婆至今。还有一个衣橱，一方桌几，配着古旧铜锁，时光味道深浓。外婆说，万贯家财皆有散尽之时，人的一生能留下的东西不多，要懂得惜福。

　　她一生简朴积善，不喜铺张浪费，皆因当年随父母逃亡所至。冰雪之地，背着包裹奔走，竹筏之上，差点被人流拥挤落河。一碗白米饭，让她明白贫穷饥饿的悲苦。出嫁之后，便节衣缩食，与外公一起置办家业。她所珍藏的银钱、古物，于年迈时分散给了儿女，留下日常用具，再不肯舍弃，伴她红尘冷暖。

　　旧年归家，外婆已离世半月，睹物思人，泪如雨下。独自待在屋内，静坐在外婆每日斜躺的摇椅上，回首往昔与她执手对话、品茶说事，心痛不已。人不如物，旧物有情，陪她走完人世最后一程，而我远在天涯，竟不曾相送。唯有嘱托三舅，莫要将外婆生前所爱之物，当了柴火，烧成灰烬。他虽应允，然情缘有限，终有一日，物随人去，化作尘埃。

　　就如当初，我随了父母从乡村迁徙到小镇，旧庭古宅换作楼房。心中甚为不愿，总盼着有一日可以回去，重新在雕花窗下，看母亲织补毛衫。于灶台下烧着柴火，烘烤红薯，再喝一碗清甜的井水，滋养心情。可到底还是与岁月妥协，与新物新人和平相处。后来为了求学，更是远赴千里之外的繁华都市，唯在梦里，留几许乡愁。

多年漂萍辗转，已在江南花柳之地安身立命。我背负的行囊，依旧空空，不曾被光阴填满。想起布袋和尚，他一生背着布袋，四处化缘讨乞，那方布袋无论放进多少物品，亦是空空。佛言：万法本空。人的一生，所得所失，实为同等。我所痴迷的旧物，本为天地所有，何劳众生挂牵。

"大肚能容，容世上难容之事；笑口常开，笑天下可笑之人。"这句妇孺皆知的禅语，又有几人得以深刻了悟。真正的超脱，是怀悲悯之心，有容人的雅量、旷达的襟怀。放下对物的欲求，则清风两袖，白云相随。

到底是凡人，对人与物，皆不忍割情断爱。买了房舍，让自己有个遮风避雨之所，栽种花木，修养心性。装饰虽为简约，却极尽所能地仿古，淘来喜爱的旧物，搁在博古架上，聊慰相思。雕花窗木、古朴家具，皆因后人修饰，更换初颜。我心如镜，知晓它们未曾有过前世今生的诺言，与我亦无深情厚谊，可如今与我途经相同的光阴，随我慢慢老去，一世足矣。

百年之物，通了灵性，可以辨识谁是主人，拥有之人亦是福祸相依。从小母亲相劝，行途中若遇得金、玉首饰，切莫捡拾，若是老物，轻则患病，重则害及性命。我自是信了，对于贴身佩戴的玉器，亦不敢随处散放，深知要惜福惜缘。

佛前之物，长年听禅，沐浴佛光，更通灵性。一盏青灯、一方木鱼、一朵睡莲，皆可现身说法，度化众生。它们的修行，远胜于世间凡人。许多山妖树怪，历千年沧桑，可修炼成仙。人生百年，匆匆而过，来世亦不知化身何物，投生何处。

《红楼梦》一书中，一花一草、一木一石，皆有过往前生。林黛玉前身是西方灵河岸边、三生石畔的绛珠草，贾宝玉的前身是赤瑕宫神瑛侍者。就连贾宝玉佩戴的通灵宝玉，亦有前生。本为女娲补天时炼就的一块五色石，因无才而被弃之不用，后得遇茫茫大士和渺渺真人，随神瑛侍者下凡造劫历缘。

"三生石上旧精魂，赏月吟风不要论。"三世因果，情缘有尽，与你白首不分离的人，去了哪里？伴你红尘经世、天荒地老的旧物，却安静一隅，不言别离，不敢提前老去。

时光在飞花日影中平静地流去，那些千寻万找的旧物，原来是灯火阑珊处的相逢。擦去风尘，彼此煮酒言欢，于觥筹交错间相忘江湖，戏游人生。

茶
馆

　　曾经，我无数次说过，要在某个人烟清淡的街巷，开一间茶馆。茶馆装饰简约，古朴而雅致。有被岁月洗礼的镂空门窗、被过客打磨光亮的木质桌椅。壁上斜挂一把古琴、几幅字画。搁置于旁的博古架上陈放一些古陶、青瓷以及颇具玩味的器皿。那些摆设在不同位置的青翠植物，让茶馆有种尘埃落定的安稳和宁静。

　　有琴音明亮悠远，含蓄温柔，让过客为之留住匆匆步履，纵是铁石，亦回心转意。步入茶馆，坐下来泡一壶浓浓的热茶，喝上几盏，直至尽兴。而后，安静下来，细致地打量茶馆独特的风情。门外的纷繁，被茶的氤氲雾气给淹没，本是寻常事物，在柔和的光影下，竟那般生动美丽。浮躁之人，一旦入了情境，比之高士更为风雅。

　　茶馆里的光阴，此刻亦是闲庭信步，从容不惊。品茶，与三五知己叙说古今闲话、旧事风云。或独自翻看一本平日里无暇顾及的古书，把玩一块老玉，临摹一段《心经》，甚至在午后阳光下打盹。对于素日忙碌的世人，一盏淡茶，已是奢侈的幸福。这就是我想要的茶馆，我心所愿，不仅是为自己筑一个优雅的梦，更为了众生在那里可以安宁地栖息。

　　生命悠然来去，荣枯有序，聚散无常。这些年，我远离故土，漂泊遗世，尝尽冷暖。想来是因了我对故乡的背叛，才会遭遇命运如此的惩罚。落魄过，孤独过，亦曾有过来往友人，最后皆转身离去，渐行渐远。多少个寂寥日夜，唯有诗书一卷、清茗一杯，如同知交，不离不弃。

　　世事愈长，人心愈淡。老舍笔下的王利发守着祖上的茶馆，为了谋生，在兵荒马乱的世间独自支撑。他精明干练，懂得经营应酬，那般逆来顺受，也没得善终。他的茶馆如同红尘乱世，会聚了各色人物，三教九流。

　　清王朝行将灭亡，北京的裕泰茶馆依旧喧闹非凡，提笼架鸟、算命卜卦、卖古玩玉器。他们像被世间遗忘的众生，在沸腾的茶水中，演绎着最后的欢愉。此间繁华的气象，终究还是被时代摧毁。茶馆看尽世事变迁，江山更迭，结束了它送往迎来的生涯。

　　这凡尘，不知有多少茶馆，背负着朝代兴衰、世情离合。茶，一枚平凡的叶子，原本只是用来解毒的鲜叶，后竟成了一种文化、风尚。渐次地，茶成了文人雅士、僧客道侣，乃至达官贵人、平民百姓的生命之饮。一片叶子，从采摘到制作，再到落入杯盏中，经历了幻灭生死。茶的一生，亦如人的一生，浮沉起落，苦涩回甘。

　　早在晋时，就有茶摊。传《广陵耆老传》记载："晋元帝时，有老姥每旦独提一器茗往市鬻之。市人竞买。"大唐开元盛世，于集市、乡镇、驿站有许多店铺，煎茶卖之。唐朝兴盛禅教，庙中僧侣坐禅煮茶，遂成风俗。陆羽的《茶经》问世后，使得"天下益知饮茶矣"。

　　宋时茶馆，有如婉约的宋词，更添一番风流情致。孟元老的《东京梦华录》记载："又东十字大街，曰从行裹角茶坊。每五

更点灯，博易买卖衣服、图画、花环、领抹之类，至晓即散，谓
之'鬼市子'……又投东则旧曹门街，北山子茶坊，内有仙洞、
仙桥，仕女往往夜游，吃茶于彼。"明清时期，品茗之风更盛，
后经民国风云，直至今日，茶馆亦随烽火硝烟，历红尘百劫，仍
不改初时情趣。

爱茶之人，当知平凡草叶亦有高贵灵魂，一盏清茶也懂慈悲
喜舍，始信前因果报。我爱茶，曾采茶制茶，知每片茶叶来之
不易。人间草木，集天地灵气、万物神韵，方有一花一叶的纯
粹、洁净。茶之珍贵，非世间金钱所能交换。惜茶，一如惜福、
积德。一杯香茗，可为你洗去烦恼，过滤杂念，给予你澄澈、
宁静。

我的茶馆，当不为生计，不仅让众生安歇，亦让天下之茶从
此风尘有主。这一片叫茶的叶子，游走过魏晋的屋檐、唐宋的殿
堂、僧侣的桌榻、过客的行囊，穿行过苍凉古道、暮雪千山，如
今落入我的小小茶馆，再不必担忧会被时间追赶、被岁月覆盖。
我将之烹煮，用一杯水的温度，焐暖世间的寒凉。

一把好的壶，可以收集茶的精魂；而茶，亦可以滋养壶的生
命。山为凭，水为媒，它们结下了永世的缘分。天南地北的叶

子，五湖四海的客人，聚集于茶馆。这是一个可以安心享受寂寞、值得交付真心的地方。你可以遗忘昨天，将情感投注在一壶茶上，从此不畏孤身远行。

想起电影《爱有来生》里，俞飞鸿着一袭素净旗袍，端坐如莲。窗外一株古老的银杏树下，有一位等候她五十年的前世恋人。她转世为人，他只是一个孤鬼，为了情爱，徘徊在轮回道间。他们上一世有过约定，来生重遇时，若不相识，只要她说："你的茶凉了，我再去给你续上。你便知，那人是我。"就是这杯茶，让他们前缘再续，始信爱有来生。

我的茶馆，是天下攘攘众生的茶馆。如果你有未了的情缘、刻骨的爱恋，可以相约至此。选一把喜爱的壶，泡上一种适合自己的茶叶，浅尝深饮。过往的恩怨，竟那般淡去，只愿今生对坐品茗，相看不厌。

大爱如茶，它慈善宽容，原谅你的过错，任凭自己生生死死，只为世人尽欢。直到散去所有芬芳，依旧为你枝叶绽放，脉络分明。我要的茶馆，当独立红尘，就算世界与你背离，它亦是你的天涯知交。这并非苍白之约，缘分来时，我定当守诺。

是的，开间茶馆吧。在某个临水的地方，不招摇，不繁闹。有一些古旧、一些单薄，生意冷清，甚至被人遗忘，这些都不重要。只要还有那么一个客人，在午后慵懒的阳光下，将一盏茶，喝到无味；将一首歌，听到无韵；将一本书，读到无字；将一个人，爱到无心。

等到有一天，你将风景看透，就来我的茶馆。纵然那时，你一贫如洗，或是老去年华，这里永远有一盏茶，为你预留。

修行

　　时光就这么过去了，它漫不经心，多少人，被光阴抛掷在岁月的荒原，无可偎依，不知所措。我曾经对飞逝的光影心存怨憎，怪它无情，夺走年少时节许多青涩的美好，不留余地。后来恍然，时光本无意离合聚散，一朝一夕的日子皆为自己亲历，何曾有人取代。

　　此刻，春风正浓，百花繁盛。旧年约定了春日去赏梅观柳，如今已是三月阳春，桃李争艳。想必梅花早已落了无数，只剩下满地残雪，伶仃心事，无处诉说。梅花不曾负我，是我负了与它的盟约。待到姹紫嫣红开遍，那时的我，或许依旧闲坐小窗之下，守着一书一茶，忘记春秋。

花期错过，也许还有相见之日，有些风景，走过却不可重来。人生一世，空空而来，空空而去，而行走于红尘之时，却一直在奔忙，不可停歇。人们把这个过程，叫修行。凡人的修行，于一粥一饭、一行一坐中，雅士的修行，于一琴一鹤、一草一木间。道家的修行，自然守静，修身养性。僧客的修行，回归本真，澄澈清静。

人生百年，匆匆而过，多少风景等着你去邂逅，多少故事等着你去填满。旅程中所遇、所求、所失、所得，皆是修行。荏苒岁月，时而无情，时而有情，遇事无须太过沉迷，则无大喜大悲。人世如沧浪行舟，当守住内心，方可从容不迫，从急到缓，由闹至静。

草木虫蚁亦在修行，它之灵性，胜过争名夺利的世人。它们汲取大自然赐予的阳光雨露，遵守荣枯生灭的理则，不惧山河换主，亦不必为谁更改波澜。烟柳迎风飘飞，红杏穿墙而过，紫燕衔泥筑巢，蚕蛹破茧成蝶，即为修行。

以儒治世，以佛治心，以道治身，是历来名流高士乃至帝王将相的修炼之法。老子曰："致虚极，守静笃。万物并作，吾以观复。"《金刚经》云："一切有为法，如梦幻泡影，如露亦如电，应作如是观。"人的一生际遇不同，信仰亦会不同，修行的方式，更是百态千姿。

绝情忘念，明心见性，是道禅修行的境界。平凡众生，只想在喧闹无常的尘世中找寻简单的归依。随着年岁的增长，渐渐洗去尘霜、省略浮华，留下朴素的美丽。曾经意气风发、飞扬跋扈的少年，曾经仙姿玉质、花容月貌的红颜，到最后，亦淡了心性，愿守着当下，相安无事地老去。

今年春节回归故里，恰逢暖冬，我便去了儿时旧居游历一番。乡村山水依旧，翠竹葱郁，只是老物换了新颜。以前明清时期的徽派建筑已被渐次拆去，只剩下几座旧院遗忘在山脚下，不知道还在守护些什么。青砖黛瓦，画栋飞檐，从前那么鼎盛，居住过四世同堂人家，而今人去楼空。只有门前的桃柳和荒草，无人打理，依旧葱茏。

行走在无人问津的小巷，拾拣着被岁月遗留的青瓷碎片，这些不知年代的旧物，让我恍如回到幼年。表弟见我如此怀旧，便说他会拆去断壁残余的青砖，待到有一日我需要时，拿这些青砖重建旧宅。我深知，这只是一个美好的梦。多年漂泊，就算我愿意划着倦舟归来，故乡亦没有我停靠的岸。

　　近日来，总怀念儿时生活，愿与过往江湖相忘，回到故里，粗茶淡饭，朴素修行。外婆一生，不知外界纷扰，只守着寻常日子，平凡生养，种花植草。她的修行，是在一针一线、一朝一暮中。直至终老，亦不曾见过海市蜃楼、经历繁华世态。小小村落便是她的修行道场，相夫教子是她生命的主题。

　　父亲从一个地主家的小少爷，变为流落江湖的孤儿。幼年的锦衣玉食，只是刹那光影，而后便是漫长的贫苦与潦倒。从砍柴放牛的孩童，到走街串巷的卖药郎，尝尽人间苦楚。外婆的一饭之恩，让他遇见了我那年轻貌美的母亲，从此才有了归宿。他这一生命途多舛，想来这也是修行。

　　我半世漂泊，亦为修行。多年来，尝遍世情冷暖，看惯生离死别，当无谓得失聚散。然心中依旧有许多不舍，放不下春花秋月，割不了恩怨情仇。或许这就是岁月赐予每个人的磨砺，直到那一天，真正洗尽铅华，收放由心，便是修行的圆满了。

　　落笔行文，亦是修行。不谋名利，不为回报，只愿文字可以感化众生，带给世人清凉和宁静。写作是一个漫长的过程，这其间的艰辛与寂寞，只有亲历者方知。文字如一缕轻柔的风，如时光浮动的影，耐人寻味，却又简单明净。它之修行的最高境界，当是不拘章法，行云流水。我们不仅在文字中读出作者的襟怀，亦看见了众生。书者，琴者，茶者，亦当如是。

素日里，时劝旁人看淡荣辱得失，竟不知，忘情割爱需要多少时间的修为。人世间，物欲权利或许尚有填满之日，心灵的沟壑，又该用什么来填补？我也曾贪恋过岁华，经历了太多春荣秋谢，已心静如水。

"能休尘境为真境，未了僧家是俗家。"果然，若内心清澈觉悟，纵算置身烟火凡尘，亦可入境。若不能了悟，哪怕执杖云游，做闲云野鹤，也同茫茫众生一样。有时候，红尘里修行，胜过于禅林深院、东篱南山。

《菜根谭》云："人心有个真境，非丝非竹而自恬愉，不烟不茗而自清芬。"人生百年，繁华易过，富贵功名如盆中花木，盛衰兴废，皆不由主。尝过浓淡世味，面对变幻无穷的世态，自当卷舒自如。

天地万物，本无尊卑，亦无短长，一切在于自身修持。无论是翠竹明月，姹紫嫣红，还是黄花露冷，衰草枯杨，皆有其不可言说的美丽与风华。一念浮生，一念清净，须知寻常人家的日月，清淡亦久长。

多少时光，付与无邪的岁月，付与纷繁的生活。而我这粒飘忽经年的微尘，有一天终会回到古老的旧宅。在庭院深深的木楼里，做一个端庄本分、低眉顺目的女子。守着绿苔高墙、烛光瓶花，万般过往皆随风逝，再不必等待那个永不归来的人。那时，苍白的两鬓，温柔的皱纹，便是此生最美的修行。

"纵浪大化中，不喜亦不惧，应尽便须尽，无复独多虑。"忘记三生石畔的执手誓言，忘记红尘路上的浮沉聚散，喝几碗淡茶，赏几度庭雪，淡泊一世，清浅如风。

光
阴

光阴，着实是一个美丽又清凉的词。又或者，它不是一个词，它只是简单无声地存在于世间的任意一个角落，明净而沧桑。从古到今，由生至死，唯光阴如影随形，魂梦相依。

光阴从檐角飘过，又从风中流走，它如梦似幻，却真实拥有。古人云："一寸光阴一寸金，寸金难买寸光阴。"无价光阴，不论贵贱，不分国土，皆平和相待。光阴就这样被温柔无情地送走，留下一段又一段的回忆，让人孤独地品尝和遗忘。

光阴如刀，它闯入你的生活，掠夺你的青春和激情。光阴似酒，它酝酿人世悲喜，给予无私的馈赠。光阴又如禅，把最美妙的东西，落在修炼它的人身上。几番风雨，几度春秋，光阴不曾更改，变换了的是人事，是情怀。

时逢年末，每个人的年岁谱，行将被翻过一页。有人淡然心弦，容颜不老；有人劳碌忧虑，尘霜满面。不是岁月偏心，活着是一种修行，你觉悟到光阴的妙处，便可自在闲逸。流光伤人，对于它给的印记，只需默默承受，视若无睹。

记得我幼时外婆总爱说："花无百日红，人无再少年。"想来她亦是在感叹，光阴如流，把一个曾经花容月貌的富家小姐，变成一位风烛残年的老妪。近年来，母亲亦重复这句话，她并非在喟叹自己，而是在提醒我，这仅存的一点青春，切莫轻易蹉跎。

尝历离合，心中总是生出怀旧之感，对幼年乡村的光阴，眷眷难舍。多少次梦里追忆，忘不了它旧时模样、当初人家。青山环绕、绿水常伴的江南村舍，一座座黛瓦青墙的老宅，院内桃李争芳。农田里秧苗正绿，池塘间荷叶初芽，柳下系一叶孤舟，湖畔坐一垂钓老翁。

喜读辛弃疾的一阕词，名《清平乐·村居》。"茅檐低小，溪上青青草。醉里吴音相媚好，白发谁家翁媪？　大儿锄豆溪东，中儿正织鸡笼。最喜小儿亡赖，溪头卧剥莲蓬。"这位叱咤风云的爱国词人，在晚年迟暮之时，远离战火硝烟，享受了一段田园归隐的乐趣。

词中景象，让我忆起乡间那段朴素光阴，安适，宁和。那时邻家住着一个单身男子，素日里全凭给各家各户编织箩筐、篮子为生。我用来采莲蓬、采野菜、折竹笋的篮子，则是他所赠予的。而我亦用这些篮中之物，兑换了金钱，支付给生活。日子清贫简朴，我拥有的乐趣和幸福，却是之后用尽钱财亦换取不来的。

春节前后，乡村的屋檐下、青墙上，挂满了腊肉、咸鱼和各种干菜。那些时日，整个村庄都飘散着腊味的陈香，这是岁月的味道，纯粹、厚重，亦温暖。从此，这些腊味在许多不经意的时刻，勾起我浓郁的乡愁。

竟不想，当初背着行囊义无反顾远离的地方，如今成了心底的向往。时光给过我足够的机会，是自己不曾好生珍惜。想起江淹的《别赋》里写道："明月白露，光阴往来。与子之别，思心徘徊。"四季穿往如梭，许多故事都已淡去，我对儿时故乡的思念，却有增无减。

又或许，我牵挂的并非故乡，而是心底对古老山村的那份依恋情结。时光更换了昨日物象，亦冲淡了离合。旧时庭院柴门不在，取山泉、拾松针的日子，恍已隔世。曾经背着一箩筐莲蓬，踏着夕阳，看落霞万状，以为此生就在这片土地上平凡生养，安居乐业。曾经和外婆围着炉火，日长如年的时光，已短如春梦，说醒就醒。

是几时开始，我像古时寒窗苦读的书生一般，为了前程，奔赴远方，经受流离。旧时女子，只需守着平凡小院，清简度日。去的最远的地方，大概也就是邻村邻镇的集市，买几方布匹，给家人缝制新衣。匆匆几十载光阴，也就在一针一线的缝补中过去了。遗憾固然有，但那种不与世争的安逸和幸福，是我今生永远的夙愿。

外婆有幸，生于旧时富庶人家，虽历山河动荡，却也因乡村偏远，不曾遭受大的劫数。她这一生，相夫教子，勤俭持家，平淡朴素，幸福安乐。每逢喝茶吃点心时，总听外婆说起她童年那些在庭园里荡秋千、于深山中采蘑菇的欢乐时光；后来长成亭亭玉立的少女，和邻家女子相聚一起制胭脂膏子、开脸的闺阁乐趣；再后来嫁作人妇，与邻人坐在葡萄架下缝制衣衫、闲话家常的日子。

她两鬓白发、长满皱纹的额，模糊了我对过往的印象。一个秀美如兰的女子，就这样随着光阴，行至苍凉暮年。而有一天，我的母亲，还有我，都将步她的后尘，被时间追赶，走向人生垂暮。

还记得，那年南国的冬天特别冷，纷飞大雪下了几天。外婆和我围着一个大铜炉取暖，火炉里炙烤的红薯和鸡蛋散发出诱人的香味。外公则在一旁自斟自饮，不时对我们传达着瑞雪兆丰年的喜讯。外婆感叹光阴珍贵如金，外公说岁月仓促如水，那时不解，为何平凡乡村的农夫农妇，竟可以道出如此诗意深刻之话语。此番阅历，大概也就是光阴给予的最厚实的馈赠吧。

几年后，外公喝完那坛他深藏数年的老酒，在一个大雪纷扬之夜死去。死之前，他已不解人事，就连小舅英年早逝，他亦是置若罔闻。我不知道，上苍这样的安排是残忍还是慈悲，生命中有许多劫难，躲得过是福，躲不过是祸。

逝者已矣，生者如斯。十多年了，外婆守着过往残缺的回忆，孤独地活着。她时常教导我，人要学会遗忘，才可以活得轻松。但失去至亲的锥心之痛，于她却是永难磨灭。我亦谎骗她，说人死去会有灵魂，有一天，她和小舅，还有外公一定可以天上重逢。而我知道，随着外婆日渐苍老的容颜，他们的相会之时，不再遥远。

没有伤悲，如若久别的故人，真的相逢有期，那是成全。或许这世上并没有永恒，万物生灵有一天终将灰飞烟灭，那些掩埋在尘土中的故事更是下落不明。那时，光阴还是光阴，而我们，又会是什么？

年光飞逝，旧欢如梦。有时，觉得自己已近迟暮之龄，对世间繁华无多热爱。不喜远游，不喜喧闹，除了偶尔去几次近处的山水园林，算是足不出户。静坐，喝茶，养花，听雨，我安享当下闲逸的时光，亦是对数年来寂寞耕耘文字的赏赐。

此刻，独坐小窗，看落霞归去，庭院灯火阑珊。曾经可以任意挥霍的光阴，如今只能省俭用之。年岁越大，时间越见拮据差涩，不过对外界纷扰的事物，亦无可相争。或许这就是所谓的修为，人间多少必经之事，走过了，也就从容。

多想做个明净旷达的智者，不受凡尘束缚，老去山林，饮醉烟萝。那时间，再不惧光阴催急，无谓生命短长。

卷六 ◎ 山静似太古，日长如小年

一 相逢如初见 一 回首是一生 一

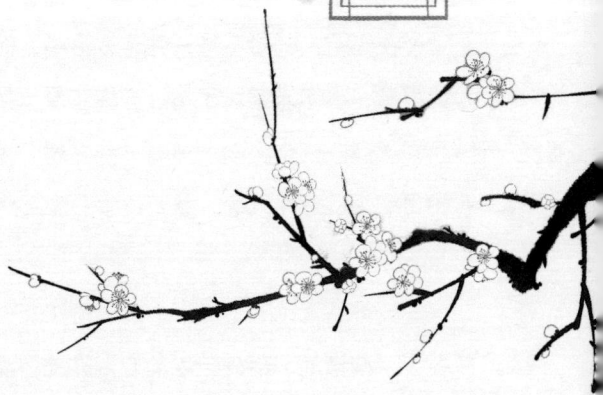

听 雨

在江南，听雨不是一种诗意浪漫，而是寻常生活。水是江南的灵魂，离了水则离了情，亦离了梦，便没有缠绵悱恻，亦没有百转柔肠。江南多雨、多河，亦多桥、多舟，它被称作水乡，其钟灵毓秀、万种风情，令无数才子佳人心旌摇曳，魂牵梦萦。

焚香品茗，坐于窗下，听雨落在瓦檐、石阶，还有明净的初荷上。渐渐地，落满尘埃的心，亦被冲洗干净。此时无多念想，有一处安身的居所，一瓯清茗，唯愿地老天荒。周作人曾在《喝茶》一文中写过："喝茶当于瓦屋纸窗下，清泉绿茶，用素雅的陶瓷茶具，同二三人共饮，得半日之闲，可抵十年的尘梦。"

一个人听雨，是一种美丽，亦有一番情境。潮湿的书卷，仿佛流淌着千年水墨，泛着陈味，异常好闻。"小楼一夜听春雨，深巷明朝卖杏花。"江南的雨，无墨亦成画，无律亦成诗，无心亦成境。雨巷里、石桥上，有闲庭信步的雅士，有行色匆匆的路人，一柄油纸伞遮住了多少冷暖交织的故事。

有人听雨楼台，有人听雨客舟，有人听雨西窗，有人听雨檐下。我从一个听雨的善感少女，成了青春迟暮的女子。江南的雨，就这样无声无息地下着，没有尽头。雨夜读词写句，一盏孤灯，一枝瓶梅，有一种不与世争的安稳和宁静。"何当共剪西窗烛，却话巴山夜雨时。"其实，有没有那个共话西窗的人亦无谓，世间情爱恍若幻觉，一个人的风景永远不会重复。

那年春日，江南梅雨淅淅沥沥下了一月有余。水上萦绕着烟雾，看不到村庄房舍。田野山径，偶有穿蓑戴笠的农人和渔翁采挖蔬菜、垂钓河鱼，用来装点餐桌。深山丛林隐于迷雾之中，再无人迹。

庭院的青墙上长满了厚厚的苔藓，不知名的小花小草翠绿葱茏。雨从天井的檐角下落，母亲用陶缸接水洗菜，父亲取水煮茶，而我盛水插梅。那时村庄远离尘嚣，雨水洁净，清爽甘甜。

后来读明代罗廪的《茶解》，书中写道："梅雨如膏，万物赖以滋养，其味独甘，梅后便不堪饮。"方知梅雨之珍贵，只是历经了时代的变迁，那甘甜的雨又还给了岁月。

烟雨江南，人间万户，皆在檐下廊前听雨。养蚕的人家，屋里到处牵起了麻绳晾桑叶，十几匾的蚕宝繁忙地吃着桑叶，其声响若阳春白雪，美得令人心动。"罗敷喜蚕桑，采桑城南隅。青丝为笼系，桂枝为笼钩。"而我总愿做乐府诗《陌上桑》里那个采桑的秦罗敷，在陌上江南，采桑养蚕，拆茧缫丝，换了银钱当作积蓄，补贴日子。

一夜的雨后，后院的草地上会长出许多地木耳，我提了篮子，采摘半时辰，为母亲的厨房准备鲜美的食材。细润的地木耳，配上辣椒和胡椒粉，入口爽滑，回味无穷。有时应同伴的邀约，三五个人穿着小蓑衣到后山去采蘑菇。潮湿的老树被青苔包裹，亦长出许多蘑菇。采上一篮子，回来烹煮面条，或清炖野鱼汤，这便是农人餐桌上的山珍。

梅雨催熟了山中的杨梅，趁着细雨停息的半日，背着竹筐寻找野生杨梅树。无论青红，采回满满的一筐。回家坐于厅堂细致地挑选，红的用白糖腌上一碗，当作茶点，慢慢品尝；青的用来晒成杨梅干，或浸酒，这一切都是季节对我们的恩宠。飘散在空中的酸甜之味，挑逗着味蕾，令人垂涎欲滴。

梅雨之季，最养闲情。许多农事被搁浅，看着淅沥缠绵的雨，竟也不恼，倒是安享这繁春的简净时光。一家人聚坐在厅堂，听雨喝茶，炉火上冰糖煮梅子，案几上摆放三五样自制的点心。或有邻里上门闲坐，喝茶说些家常，也论古今沧桑变迁。

我时常和隔壁的珍儿登上戏台玩耍。乡村戏台简陋亦精美，是木板搭建的，立柱、斗拱、飞檐和宝顶皆有雕刻的图案。左右两扇门的横梁上，写着"出将入相"。台柱两旁的楹联和匾额，出自乡儒耆宿之手，多年后再去瞻仰，只觉字迹圆润潇洒，颇有唐宋风骨。

当戏班子来时，戏台被他们华丽的道具装饰，一旦他们离去，又回到初时的冷清。台上装扮着皇族贵胄，台下则为天涯戏子。有时节日里请来戏班子，若遭逢雨天，便将他们安置在祠堂里。家境殷实的大户，管他们一日三餐。殷勤的人家，则请他们到家里喝茶吃果点，略尽东道之谊。

梨园如梦，他们有如漂泊的大雁，奔走于浮尘乱世，栖身于南北的屋檐。生命如流水，匆匆流逝，没有片刻的停息。在我记忆里，人生最奢侈的事，莫过于在古老的旧宅听雨，和寻常岁月温柔相守。途中遇见的风景虽然美丽，却总有太多无常的聚散，让人措手不及。

一场秋雨一场凉，那绵密无声的秋雨，洒落在万户的屋檐，令人惆怅忧伤。寂夜听雨，凉薄的风透过幽窗，案上的煤油灯光影浮动。母亲为我压好被角，继续坐于灯下赶织毛衣。旧年为我缝制的衣裳穿在身上已经小了，而我多希望时光可以缓慢些，我不要这么快长大。那样，母亲的青丝，亦不会成白发，秀美的容颜，更不会仓促老去。

父亲打着伞，独自走着夜路，从这个村庄赶去那个村庄。一个小小药箱，救治了方圆数十里的村人，而他亦为此积劳成疾。若干年后，父亲患了一场大病，虽挽回了性命，却从此依附药物维系健康。外婆曾说，父亲年轻时救死扶伤积了许多功德，它日必有相等的福报。父亲说，医者父母心，真正的良医，当以慈悲济人，不图回报。

李商隐有诗吟："秋阴不散霜飞晚，留得枯荷听雨声。"雨是一种闲情，亦是一种愁绪，更是一种意境。曾经被称作"白莲之乡"的故里，漫植莲荷，清秋时节，整个村庄都可以听到雨打残荷的声音。"闷斟壶酒暖，愁听雨声眠。"诗人词客，在雨夜里煮酒交心，静卧闲谈。乡野村夫，则守着一窗烟雨，思虑着明日的劳作。

细雨缠绵，飘荡着太多的过往。这些年，我在异乡听风听雨，总忘不了那扇雕花的小窗。母亲说，村里的戏台重新修建，戏班子换了一批又一批。与我童年做伴的珍儿，早已嫁作人妇。我依稀记得曾与她有过什么约定，只是被淹没在无涯的时光里，再也不能兑现。

外婆酿的茉莉花酒可以开坛了，逝者已矣，以后的岁月，我当守诺，每年栽种几盆茉莉。无论我走得多远，寂寥雨夜，至少还有回忆相陪。梦里外婆依然健在，着一件蓝色斜襟盘扣上衣，梳光洁的发，簪一朵洁白的茉莉。她笑靥如花，恍若重生。

人生多少恨意，恨年华匆匆不能停驻，恨离合生死太无常，恨姹紫嫣红总成昨天。其实此生，听过一场缠绵悱恻的雨，爱过一个情深如水的人，亦当无憾。东坡居士有词云："莫听穿林打叶声，何妨吟啸且徐行。竹杖芒鞋轻胜马，谁怕？一蓑烟雨任平生。"

流
云

　　"中岁颇好道，晚家南山陲。兴来每独往，胜事空自知。行到水穷处，坐看云起时。偶然值林叟，谈笑无还期。"喜爱王维的诗，清新自然，空灵闲逸。此诗为王维隐居终南山时所作，淡远之境，不输渊明之风，山水禅意，令人神往。

　　金庸笔下那位超凡脱俗的白衣仙子小龙女，则常年居住于终南山脚下的活死人墓。与之为邻的全真教，亦在终南山脚下。终南山为秦岭山脉的一段，峻拔秀丽，似锦绣画屏，临近长安，为修道高士隐居之所。今时亦有许多人，前往终南山寻仙访道，观云看雨。

"结庐在人境，而无车马喧。问君何能尔，心远地自偏。采菊东篱下，悠然见南山。"陶渊明的诗，亦是宁静淡远，无有雕饰。天地无言，四时井然，多少人落入尘网，碌碌难脱，渴望如飞鸟一样回归山林，像白云那般自在闲适。

山中百物，各自静怡。不管是漫步于清风明月的田野，抑或独行于细雨轻烟的竹径，皆可让久居尘世的心找到片刻的宁静。这便是田园之思，桑梓之念。一湖水，几片云，数丛山，梦里的故乡还是那个模样，不因年轮更改。

我亦曾守在山中村落，做一个不入红尘的女子，采莲浣纱，伐薪煮茶。晨起，从雕花的古窗看去，隔着花帘，听几声莺歌燕语。流云于窗边踱步，来去匆匆，看似无情，实则有心。动与静，聚与散，于回风流云身上，寻不到一个终始。

明代文学家陈继儒《小窗幽记》曾写："宠辱不惊，闲看庭前花开花落；去留无意，漫随天外云卷云舒。"阅读人生，历尽山水，亦只为了达到此番淡泊境界，不惊宠辱，任自舒卷。悠悠白云，来去如梦，于乱世浮生，从容飘荡，无所欲求。

云，飘浮之物，万状姿态，居无定所。几多变幻，不知归期，亦无归处，随风聚散，一世空空。山中的云，倚着山光水色，若隐若现，携着微风雨境，美妙如画。云本无根，看过春荣秋枯，朝飞暮卷，总是释然超脱，随遇而安。

那年初夏，我与邻居珍儿睡于她家的楼阁之上，夜看漫天繁星，晨观万千云海。那时，幻想自己是银河里的一颗星子，可以穿越古今，探看秦汉唐宋风采。亦想做一剪来去的白云，远离世外乡村，赏阅人间至美山河。

你看过变幻莫测、洁净无尘的云吗？在炊烟初起的早晨，在阳光潋滟的午后，于西风斜阳的日暮，它一生变幻无端，孤独无依，风雨是过客，山水是路人。曾笑自己身似浮云，半生孤旅，没有倚靠，亦无真正的归宿。我曾经那么喜欢云，如今和云一起同命运，共起落。

夏日，外婆常坐于树荫下，穿针引线，绣花补裳。我于庭前的石几上，抬头看云。蔚蓝的天空，层叠的白云安静悠闲地游走，缓慢地变幻各种姿态。一片云，于不同人的眼中有不同的形状。一旦入境，午后的骄阳、蝉声，亦觉安宁清远。

小巷行人缓缓，偶有人提了吊桶于井边取水饮用。远处池塘斜柳下，有几个孩童自制钓钩，垂钓小鱼。邻居大叔坐于门前，破了竹篾，织补鸡笼。院内的梨树下，有我暮春用火柴盒埋下的蚕茧。云还在天上游走，飘过黛瓦青墙上空，飘至幽谷深山。它们看似行经万里，轻盈变幻，终离不开这片故土、这座家园。

山云比起村里人家所见的云，更为洁净悠闲，缥缈迷离。为了看云，我时常约了同伴，去几十里外的深山打柴。晨起，几位孩童换了旧衫，穿了布鞋，腰间挎上砍柴的弯刀。手中布袋里装着母亲备好的盒饭，为山上的午餐。

打柴于孩童是一件趣事，父母不要求柴的多少，所以从不觉得辛苦。漫漫山路有清泉相伴，时有野果解馋，彼此欢声笑语，转瞬便抵达了山林。本是山水灵逸之地，丛林深处树木繁盛，只要砍刀锋利，砍一担柴火仅需几个时辰。

午饭时，寻一处空地，香糯的白米饭，配上咸菜炒毛豆、辣椒煎荷包蛋，在当年是最为丰盛的美食。歇息之时，静躺于山石上，看天空来去的云彩，听风穿树林的声音。被荆棘划伤的手臂，亦不觉得疼痛。原来，辛劳的生活亦可以过得那般诗意、安定。

若遇上村里的樵夫，他们会聚坐一起，给我们讲述山妖鬼怪的故事。甚至教我们沿着太阳的方位，猜测时辰，找寻路途；遥指离散幻变的云彩，猜测旦夕的阴晴、明朝的风雨。这些久居大山的渔者樵夫，竟是通晓天文地理，深知世事人情。

归来时暮云合璧，染柳烟浓，挑着沉重的柴草，竟无心欣赏日落绚丽的图彩。疲倦的心，如知返的飞鸟，愿与云同步，轻松自在。那些依靠砍柴为生的樵夫，如同伐薪烧炭的卖炭翁，一生风雨。他们虽然艰苦，却可以守候一片故乡的云，无须聚散，坦然地面对老去的光阴。

"柳叶微风闹，荷花落日酣，拂晴空远山云淡。红妆女儿十二三，采莲归小舟轻缆。"曾几何时，我亦从荷花丛里、细柳岸边，穿梭过映在水波间的云影。晴空万里，连绵起伏的远山衔着落日，美不胜收。即在此时，母亲一声声的呼唤，让我停止采莲，轻拢鬓发，缆上小舟。

静美的天空，几朵闲云，悠然来去。山径的樵夫、采药的老翁，若云踪仙迹，远隔尘世风景。而我愿一生归隐于青山绿水，做那采莲的女子，守着如画江南、白云秋水，度过年年岁岁。

　　不必等待来世，在今生剩余的时光里，一切都还来得及。东坡居士曾问："几时归去，作个闲人。对一张琴，一壶酒，一溪云。"放下执念，便可远离浮华，泛舟江湖，不惧晴雨。在那简约庭院，做个凡妇，花荫下，静听廊风，闲看流云。

　　后来，我亦成了一片云，在悠悠天地，在自己的人生里，淡淡来去，不留痕迹。

山
月

　　皎洁明月，清澈如水。竹帘外淡淡微风，茉莉的清香沁人心怀。夜幕下，世事安好，万物有一种尘埃落尽的宁静。远处的山影，枕着残暮褪去的轻烟，那轮山月，照映如画。一直以来我始终相信，月光下所有的故事，都是温柔明净的。

　　王维有诗："人闲桂花落，夜静春山空。月出惊山鸟，时鸣春涧中。"说的是乡间的月清凉沉静，鸟雀归巢，流泉潺潺。都说喜欢文字的人，对月亮情有独钟，因了它的美、它的静。一弯清月，无论圆缺，看似孤独地遥挂中天，却知晓千古人事，看尽沧海桑田。

　　幼时的我，白日喜爱独坐门槛上，看游走的云彩变幻不同的姿态。亦喜爱取碎饼干屑或一些细小的食物放于墙角，请蚂蚁搬家。想象洞穴里另有世界，同人间这般车马繁华，人流如织。

　　后来读《南柯太守传》，更觉蚁穴里别有洞天。相传唐代有个叫淳于棼的人，一日与友对饮，醉后小憩，于梦中入了古槐树洞，去了大槐安国。洞中朗日清风，花木秀丽，朱门金匾下有丞相亲迎，宫殿里雕梁画栋，摆设奇珍异果。后来他当上了驸马，委任南柯郡太守，尽享荣华。醒后见落日余晖尚映照于墙上，仅是短暂的时光，梦里已经过了一世。

　　醒后和友寻到大槐树下，果然掘出一个很大的蚂蚁洞，旁有孔道通向南枝，另有小蚁巢穴一处，聚集了许多蚂蚁。原来一切功贵，只是南柯一梦，弹指即逝。看似华丽漫长的人生，亦如蝼蚁一般卑微无情。

　　独坐木楼上，看清凉的月光洒落在黛瓦青墙上，牵引出前世今生的记忆。山月穿过竹篱小院，灯火依稀的村落悄静无人，时闻犬吠之声。喜读《唐宋传奇》，在远去的风烟里寻找内心的向往。看着柔和的月光，猜测广寒宫里的故事，刹那间，仿佛年华可以永久地停驻，村庄里的人事依旧，不会更改。

真的，我爱极了乡间的月。它的清幽，恍若遗失在远古的一块美玉，把喧闹的人间映衬得那般无暇。月光透过瓦当，流泻在高低有序的马头墙上、石板巷子里以及竹林柴草间。雕花古窗内，有为游子缝补衣裳的老妪；月色河畔边，有乘舟垂钓的老翁。这一切不是幻境，古往今来，它真实平淡地存在于天地间。

那年我七岁，还是一个扎着辫子、穿着绣花衫子的小女孩。隔壁老宅院里的霞，午后相邀，同去一座孤山上捡拾松针和枯枝，用来给家里的灶台点火。母亲于栅栏边喂猪，我随口相告，她应允后，二人挑着小竹篓离去。

崎岖山径，时闻泉水流淌之声，狭路相逢的有骑着黄牛的牧童。秋风已有凉意，石桥两岸兼葭依依，残荷数点。山深林密，松针满地，随手捧之。想象可以踏着斜阳满载而归，心中万分喜悦。秋日山林，野果正当时，我与霞经不住诱惑，采来红果解渴。

后误入一处深谷，见茅舍一间，便前往相探。茅舍里简静朴素，一张木制床，铺草垫，一桌一椅，墙上挂一杆猎枪，门后搁置一口水缸，再无其他。后来方知，此处为村里猎人偶然歇脚之地。

那时亦听闻过世外桃源，更经常听村里的老人说起山妖鬼怪的故事。我与霞顿生恐惧，再寻归路，竟已迷茫不知道方向。密林深处，偶有鸟雀惊飞，虫蚁爬动，更觉入了聊斋幻境。夜色来得比往常要快，转瞬已是暮霭沉沉，徘徊于山岔路口，怅然失措。

明净如水的月光，穿过树林，流泻下来，让我们心生安宁。此后，我再也没有见过那样皎洁温柔的月亮，亦不曾见过，那漫天纷繁的星子。遥望天空，只觉自己是银河里一颗渺小的星子，无谓离合聚散。又想起樵夫烂柯的故事，刹那间便悟出了人世沧海一瞬的苍凉。

山中光阴，不与世间同。清透的月光让我们寻到了归家的路，挑着捡拾的松针，携着夜色秋风下山，竟有不舍。远处的石桥上，有点点灯火在闪烁，似听见母亲呼唤的声音。离得近了，方见得父母还有哥哥寻觅而来，月光下，我看见母亲焦虑之情渐缓，生了怒心。霞的父母不曾前来，他们只当两个小女孩拾柴晚归，不会生什么差错。

母亲生性敏感，平日父亲上山打柴晚归，亦是焦急万分。将我和哥哥托付给隔壁阿婆照料，独自前往山路相迎。见到父亲，宽了心肠，便开口相骂，须诉出心中忧虑，方肯作罢。对我亦是这般，返家的路上，已忍不住痛骂。不许我日后再去上山打柴，或采挖山鲜、摘取药草。

我满腹委屈，眼中含泪，独那弯明月，依依相随，护我周全。归家后坐于厅堂，月光透过天井洒落在青石上，只觉它把山风亦带至村庄。母亲不再气恼，煮了几个荷包蛋，温柔相待。烧了艾叶水给我洗澡，之后昏昏入睡，那轮山月依旧清明，雕花的窗格隐透着轻柔的亮光。

梦里我居住于深山，披着兰草，腰束杜衡，于幽林云雾中采摘灵芝、野参。我是白日所见那间茅舍的主人，转瞬长大成了亭亭玉立的少女。多年后，我在书卷里读到了那位披着藤萝、香气如兰的山鬼。她多情地守候于山林，等待一段人妖情缘。她惧怕湛湛日光，喜爱柔情的月色。至今她仍旧痴情地等待，从月圆到月缺，只是那个人，始终没有来。

"晨起动征铎，客行悲故乡。鸡声茅店月，人迹板桥霜。"
当年的温庭筠不知投宿在哪家茅店里，趁着晨起未落的残月，踏
在落满霜痕的板桥上。那薄薄的白霜上，早有客行的人匆匆走过
的印记。长大后，我亦成了远行的游子，奔走在苍苍古道，忘不
了的，是故乡的山月。

"烟月不知人事改，夜阑还照深宫。"词人感叹烟月无知，
不解故国覆亡的幽恨，荒凉旧苑，寂寥深宫，不复往日繁华。他
竟不知，世间万物有灵，人尚有无情时，物却有意，纵是山河变
迁，它一如既往，照彻深宵，无有怨悔。

月光遮掩了白日所有的粉尘，还人间一片清凉与洁净。多
少年了，走过不同的城市，看过不同的月色，心神所牵的，
还是童年那轮山月。浅淡的秋风，深邃的松林，还有满地捡
拾不尽的松针。当年的猎户应该老去，那间简陋的茅舍，是否
还在？

一个人，闲隐林泉，采些山珍，猎些野味，对月饮酒，当
是此生的归宿。那时，应不惧光阴如梭，可以坦然生死。山
月无私，任你前生今世，不问尊卑，皆是阴晴相待。人与人
之间的情意，总有疏离散去时，人与月却可长夜相对，一生

偎依。

月色阑珊，风景似在远山之外。经历了悲欢聚散，而今于
这座城，是主是客，早已无谓。往后的日子，繁花如雪，明月
不惊。

秋
水

　　我总跟人说，在清秋的长廊里，可以闻见秋风的味道。那是一种妙处难以与君说的气息，带着淡淡的清凉、微微的明净，还有浅浅的感伤。于兰风初醒的晨晓，在夜幕来临的黄昏，秋风的味道越发地深浓，越发地令人沉醉。

　　庄子著有《秋水》，言说人应该如何去认知外物。《诗经》曾写："蒹葭苍苍，白露为霜。所谓伊人，在水一方。"亦是在秋水河畔，寻觅那位衣袂翩翩的绝代佳人。王勃一句"落霞与孤鹜齐飞，秋水共长天一色"更是写出日暮烟霞下，秋水长天的旷达与明净。

　　我喜欢秋水，无尘洁净，清白如洗。这个季节，风藏柔情，水含冷韵，多少温暖的故事找到了主角，多少久别的故人得以重逢。

　　儿时村庄的秋味最浓，晨风略带凉意，草木房舍皆落上一层白霜。醒来之时，父亲早已从远山打柴归来，母亲亦在灶台生火煮饭。父亲行医多年，素日经常背着药箱下乡出诊。在有限的时间里，还要上山打柴，以及做田里的农活。

　　白露时节，各家各户开始给院子里囤积柴火，以备整个寒冬日常所需。父亲比寻常农夫更加起早贪黑，四更起床后独自上山，砍完一担柴火仓促返家。闲时背着竹篓去深山密林处采药，归来时，总跟我们讲述山中四季更迭、云雨变幻的景致。

　　冷落清秋，湖水清平如镜，散落的残荷尽现阑珊姿态。农人亦不去打捞，任由它们暗自枯萎，零落成尘。时间久了，竟也成了一种风景，伴着连绵秋雨，似在与路人倾诉过往翠绿的华年。

　　小舟搁浅，两岸芦花正盛，偶有几只白鹭飞过，惊了满湖残叶。有闲逸的老翁，披蓑戴笠坐于舟上，垂钓几湖秋水。路上行人缓缓，竟无心驻足看漫漫山河，亦不知自己早已落入别人的梦中。

母亲冒雨在菜圃摘菜，我伴随身后，为其撑一柄油纸伞。秋风夹着凉意，远山近水皆被烟雾笼罩，恍若仙境。此番美景，后来只能在诗风词韵里邂逅，于记忆深处反复回想。母亲爱了一生、伴了一生的菜圃，因了她的迁徙而了无生息。临走时，她曾托付给邻人料理，可最后被荒废在岁月的风尘中，不见影踪。

秋水长天，十里长亭下，有依依送别的行人。满头白发的慈母，含泪挥手道别，背着行囊远行的游子，始终不敢回首相望。生怕与慈母不舍的双目对视，瞬间瓦解了闯荡江湖的勇气。溪畔浣纱归来的我，站在一旁看着这般场景，已是泪流满面。从此秋天于我心底刻下了离别，弥漫着时光的微凉与感伤。

不过于村落度过了十年光阴，却有如经历半世。而十年里，有五年几乎不知人事，后五年悠长得如那连绵不绝的秋雨。短短几岁，不懂世间情爱，却有着言说不尽的情感和故事。对天地草木、黛瓦青墙、长廊小巷，以及父母邻人，情深款款，无法忘怀。

我总是倚着雕花的老窗，看天井瓦当淅淅沥沥的秋雨。对窗的是那位编织竹篾的单身匠人，雨天他亦不出门，坐于屋内点了煤油灯，抽上几袋旱烟。那时的我不过五六岁，却极爱看他陶醉于烟雾袅袅的情境里。这个素日在村人眼中粗鲁愚笨之人，瞬间竟是那么柔软，那么淳朴。

此生他都不知道，有个小女孩曾多次注视过他的神情。直至他死去，陪伴他的亦不过是几捆翠竹、一盏古灯。生命若秋水，在荒凉的天际孤独飘荡，最终皆归入茫茫沧海、浩渺烟波。

有人说，他白来人世走过一遭，不曾尝历情愁爱恨，不过是为别人的风景做了可有可无的陪衬。可每当我回忆起那个偏远村庄时，始终还会记得曾经有过这么一个人，曾经那样卑微孤苦地存在着。

一张竹床，一桌一椅，是他全部的家当。还记得，那深秋斜阳下，他伐竹而归的落寞背影。石子垒砌的灶台落满尘埃，一个人的炊烟，饮尽太多的冷暖。母亲为他盛了一大碗白米饭，把仅剩的一点青椒鸡蛋都给了他。看着他含泪吃完，亦只是叹息。

小小村庄，隐藏了太多温暖的故事与真情。那些渺小若尘的生命，不能令河山为之动容丝毫，亦不去惊扰一草一木。只守着自己的小小庭院，淡看荣枯悲喜，无意生老病死。他们的世界很窄，亦很纯粹。

父亲曾说，他年少时最怕秋风斜阳的景致，因为那些打柴放牧的人，日暮返家；而他挑着一担柴火，无家可归。后来被药铺收留，每日挑药下乡，受外婆恩惠，供他温饱。之后他凭借一技之长，成家立业，方无惧那满窗的秋风秋雨。

年少的我，则坐于秋窗之下，捧一本词集，为赋新词强说愁。年岁渐长，尝遍人世况味，愈觉秋风寒凉。红尘中，多少擦肩而过的相逢，亦瘦如秋风，明如秋水。那些离了多年的故土、故景、故人，只觉近在咫尺，而来往于身边的过客，则陌生而遥远。

多年后，我于梅园之境、太湖之畔安身立命。每至清秋，便泛舟太湖，赏阅如画青山、秋水清波。这里虽不是故乡，却觉前世来过，可以与这里的山水灵魂相亲。人说，一个人有两个故里，一个是出生之地，一个则是心灵栖息之所。

如果每个人都是人世间的匆匆过客，当无意聚散去留。我徜徉于太湖秋水之畔，也许在等待一场前世之约。也许是某个丢散的故人，也许是一朵错过的莲荷，也许是一只失伴的鸥鹭。也许我们早已相逢又成了陌路，也许还在寻寻觅觅。

当年，落梅风骨，秋水文章，似乎就是这般由来。

庭雪

　　江南的冬，亦有漫天纷飞的雪，落于黛瓦青墙，落于旧庭深院，落于石桥小舟。江南的雪，娇小柔美，若缓缓而至的白衣女子，洁白轻盈，纯净无瑕。

　　有人说，曾以为江南有柳，是绿；却不知江南亦有梅，是红。江南的梅，因雪而绽放，那一树的红遮掩了满城的绿。江南的雪，亦因了满园傲雪的寒梅，有了醉人的风姿。

　　"江南雪，轻素剪云端。琼树忽惊春意早，梅花偏觉晓香寒。冷影褫清欢。　蟾玉迥，清夜好重看。谢女联诗衾翠幕，子猷乘兴泛平澜。空惜舞英残。"

江南气候宜人，冬日温润，雪比起往年越发少了。想要看一场风情而潇洒的冰雪，已是奢求。雪在江南，深受喜爱，世人皆对这素净的白色有着难以割舍的情结。

儿时的乡村，大雪每年如约而至，有时纷纷扬扬，落上几天几夜，不曾停歇。大雪封山，大人不必下地干农活，孩童亦不必去学堂，邻人相聚，赏雪喝茶。静谧的乡村，远离尘嚣，雪花落在瓦当、柴草上，以及每一个搁置旧物的角落里。几十座古老宅院皆披上白衣，美丽如画。唯有几条溪流、几口古井，雪落即化。池塘水榭，亦结了厚厚的冰块，供人玩耍。

雪从黄昏开始飘落，冬日的夜来得特别早，母亲早早于厨房烧了灶火，烹煮晚饭。清炒白菜、笋干烧肉、芋仔汤，木笼屉蒸的白米饭香糯可口。灶里的炭火，母亲用铜勺子舀入火炉里，盖上热灰，可以暖上整整一晚。

江南湿冷，屋里没有北国的暖炕，而是雕花的木床。每至寒冬，家家户户皆生一个大火炉，温度极低时，每人手上抱一个小暖炉，足以抵御寒冷。母亲用热水袋暖了被子，我早早入睡，盼着大雪落上一整夜，晨起时玉树琼枝，积雪封路，可以不去学堂，于庭院堆雪人。

风雪之夜，几番醒来，见母亲坐于灯下，等着迟归的父亲。透过灯影，看镂空窗花外的飞雪纷扬飘舞，心中惊喜。竟忘了，父亲独自于风雪中踱步的艰辛。他每次归来，军绿大衣皆被积雪覆盖，于炉火旁炙烤许久，方可暖身。母亲为他泡好滚烫的姜茶，预防风寒。暖茶热被，于父亲是家的温暖，是此生最安稳的归宿。

晨起不用母亲叫唤，自己穿了花棉袄，早早起床。天井、墙院落满积雪，瓦檐、树枝上挂着长短不一的冰凌。门外纯净的世界，是大自然给予乡村最美的馈赠。大人赞赏瑞雪兆丰年，孩童则不惧寒冷，于雪地里堆雪人、打雪仗。

晶莹剔透的雪花，纷洒飘落。原本繁闹的村庄，沉浸于白雪中，静谧无声。登楼远眺，整个村庄只有一种色彩，起伏的远山亦被白雪倾覆。秀丽河山是这般洁净无瑕，疑作天上。看见几户人家的房瓦上炊烟袅袅，方知置身于平凡人世。

母亲生好旺盛的炉火，厨房里蒸的几斤红薯，为乡村人家最甜香的食物。一家人聚坐于厅堂，围炉烤火，简净温暖。我取了白瓷碗，于庭院里的那株橘树叶上，装下洁净的白雪，让母亲于炉火上煮沸，泡了野茶，放一块冰糖于内，清甜可口。

　　隔壁的珍儿踏雪相邀，邻近的几个同伴已在后山的晒场等候。我穿了花袄急忙前行，白雪上，已落满了深深浅浅的脚印。年长几岁的男孩，从家里偷了野兔、山鸡，于晒场垒了石灶，打算生火烤肉。我被发派去山脚下捡拾树枝，充当柴火。

　　被柴火烘烤的野兔、山鸡清香四溢，大家已是垂涎三尺。大约半个时辰，方可熟透，无须佐料，只均匀地撒了一些细盐，酥脆可口，其味无穷。吃完擦净嘴巴，雪水洗手，约定好了，回家后不可跟父母提起，只作无事。

　　兴致好时，一同去后山捡拾枯枝，带回家当柴火。漫山林木，沉浸于皑皑白雪中，美得令人忘记寒冷。若逢好运，甚至可以抓到野兔、山鼠，又是一顿大雪之日的美食。丛林中，醒目的则是那些开在枯枝上的野梅花，纯洁高雅，繁盛凄美。

　　那时的我，丢了枯枝，折上一束野梅，踏雪而归。我托父亲取下堂前的青花瓷瓶，汲水插瓶，于简约陋室，添了几分雅趣，全然忘记方才大口吃肉的俗气。后来读到《红楼梦》里芦雪庵赏雪、即景联句，黛玉笑湘云于芦雪庵中炭烤鹿肉，失了雅兴。湘云说她是假清高，这会儿大吃大嚼，回来却是锦心绣口。

"是真名士自风流。"后来每逢吃了酒肉，总想起这句话。但凡抚琴、写字、赏雪、看花，依旧喜欢焚香沐浴，素食为主。烈火烹油、鲜花着锦，亦是人间赏心悦目之盛事，而我内心深处，更向往雪色庭梅的淡泊素净。

大雪下了几天，原本青山环绕的村庄，因了厚厚积雪，更加安宁祥和。远处望去，这里仿佛与天地相连，不见烟火人家。那时的我，盼着大雪莫要融化，村庄里的人和牲畜可以守着家园宁静度日，竟忽略了，春暖花开，山野林泉会有更美丽的风景为村人等候。

母亲和隔壁几家妇人，聚于堂前剪纸。喜鹊梅花、并蒂莲开、牡丹富贵，为常见的几种花样。待到年至，贴于窗前、门扉上，喜气融融。我亦持了剪刀，裁了红纸，于一旁细心学着。几日光景，只学会几瓣梅花，还有一个简洁的喜字。

雪中光阴，缓慢而温柔。围炉品茶，剪纸插花，静赏庭院飞雪，淡看风尘世事。江南的雪，带着江南的秀丽、江南的柔美，款款行来，别致飘逸。

雪慢慢停了，屋檐的冰凌不见了，庭前的积雪渐渐融化。村庄仿佛在一夜间，于一场浪漫的白雪中醒来，回到初时模样。村夫荷锄，凡妇提篮，去了田园菜圃采摘蔬菜。孩童背上书包回到学堂，于桌前低眉写字，那是早课时先生布置了一篇有关雪的作文。

时光如雪，来去无痕。多少人在梦中痴情等待，多少人在梦外孤单徘徊。昨日的一切，随着那场庭雪，渐行渐远渐无声。唯独我，被抛掷在故乡的长河里，不能醒转。

林
泉

宋人唐庚有诗："山静似太古，日长如小年。余花犹可醉，好鸟不妨眠。"读罢犹羡古人情怀，隐居深山，不问世事，落花为被，块石枕头。后来再读宋人罗大经的《山静日长》一文，更觉山中岁月清凉，餐风饮露，锄花种竹，从容闲雅。

步山径，抚修竹，弄流泉，拾松枝，煮香茗。邂逅园翁溪叟，问桑麻，说粳稻，量晴校雨，探节数时。踏着烟霞，归去柴木竹窗下，山妻稚子，粗茶淡饭，温饱欣然。清风窗前，翻读古书，临帖摹画，月出林静，空山不语。

多少人，迷失在尘世瀚海里，云飞涛走，做一粒缥缈无定的尘埃。我心所愿，则是做一个从容自若的闲人，在悠长的时光里，修清凉禅。人世苍茫，变幻无端，再多的华丽深邃，亦填不满内心的欲求。

许是因了自幼长于乡村，与山水为伴，草木相知，又极爱古人生活闲趣，故总生隐逸之心。素日喜读沈复的《浮生六记》，张潮的《幽梦影》，田艺蘅的《煮泉小品》，还有司空图的《二十四诗品》。古人对山水之情深，远胜过拘泥于凡尘的你我。

时值夏日，草木繁荫，内心慷慨洒然，简静清凉。每日清闲无事，坐于绿纱窗下，独对远山。世事亦如清风朗日，没有遮掩，心意平和，则是修为。蓄了一春的净水，取出旧年拣来的梅枝，煎火沏茶。薄胎青瓷的盖碗，透亮澄澈，饮下一盏新茶，忘记所有的尘缘过往。

当年竹林七贤为了避世，远离政治纷扰，聚于竹林之下，饮宴游乐，煮茗说玄。他们的隐逸，不够纯粹，亦不够彻底，仅过了一段放达逍遥的日子，终究各散东西。而世人能记住、所向往的，是那段卧隐溪云、长啸山水的竹林岁月。千古兴亡，成败荣辱，在嵇康的一曲《广陵散》下，亦不过是一道历史薄风。

"结庐在人境，而无车马喧。问君何能尔，心远地自偏。"
晋时陶渊明辞去彭泽县令，回归田园，从此过上躬耕自资的生
活。数亩薄田，草屋几间，宅院遍植松菊，来访客人无论贵贱，
共饮庭前。一盘河鱼，几碟新豆，老妻于厨房烹煮，稚子嬉戏
于草地。早年落入尘网已成旧事，平淡自然的田园方是一生的
归所。

《牡丹亭》里的杜丽娘曾说一生爱好是天然，游园是她的闺
中情趣。那时间，园中已是姹紫嫣红开遍，转过牡丹亭畔、太湖
石边、芍药花前，得遇一持柳翩翩书生。从此，便为他生生死
死，死死生生。

潇湘馆里的林黛玉，时常说自己是草木之人，而贾宝玉亦在
梦里曾说过木石姻缘。林黛玉的前身是西方灵河岸边、三生石畔
的绛珠草，故她今生是个有仙缘的女子。大观园里她灵气逼人，
自然洒脱，可能因这株仙草受了万物精华、天地雨露的滋养，独
具慧根。

黛玉所居住的潇湘馆，亦是大观园里草木最为繁盛之处。翠

竹夹径，苍苔深深，比别处院落更为清幽。多少个春秋不眠之夜，黛玉依靠窗前的几竿修竹、院落的几丛草木，有了诗情，添了雅韵。她是《楚辞》里的山鬼，是晋时的谢道韫，是宋词里的李清照，亦是《西厢记》里的崔莺莺，还是《牡丹亭》里的杜丽娘。

"每日家情思睡昏昏"，这是崔莺莺说的话，后来林黛玉亦说过。林黛玉喜读王维的诗，他的诗寄情山水，淡远空灵，清幽寂静，雅趣天成。黛玉亦向往那种远离尘世的禅意，她从不劝勉宝玉求取功名。她生性淡然，不喜喧闹，当是佳人中的隐士。她所能寄怀的，亦只是庭院花木，以及散淡的诗句辞章。

辛弃疾有词："茅檐低小，溪上青青草。醉里吴音相媚好，白发谁家翁媪？大儿锄豆溪东。中儿正织鸡笼。最喜小儿亡赖，溪头卧剥莲蓬。"淡淡笔墨，描摹出一幅生动宁和的画卷。此时的辛弃疾亦搁下了硝烟战场的豪情霸气，守着梦里的桃源村落，拥有简单的幸福。

我幼年的乡村，这样朴素动人的风景随处可见。他们并非隐者，而是一群离不了山水田园的农人。他们用一生的时光，在那里放牧白云，耕耘清风。外公曾说过，祖上亦是因为避乱，才来到远离尘嚣的深山丛林。开垦了这片荒地，种植翠竹，取名为竹源。从唐宋至明清，经民国乱世，再不曾有过迁徙。

避乱亦是一种闲隐，只要找到一片没有纷争杀伐之地，就是净土。栽种林木，修筑房舍，男耕女织，安家乐业。在那里，可以安静地忘了时间，也不问山河是否换主。后来村里的老人相继辞世，余下的青年去远方看过了纷繁世界，再经不起乡村平淡的流年。唯有倦累之时，方怀念故土的安逸和清凉，只是有些路走得太远，难以回头。

大舅是个文人，同我这般，内心深处有一种隐逸情结。希望有生之年，可以在竹源村落重修宅院，闲弄花草，不理世事。表弟拾取了荒院废弃的砖瓦，说等过些年生活宽裕了，用这些旧砖瓦修整老宅。那时他种植的树木已成材，只需打理几畦菜地，养些鸡鸭，空时去山里猎只野兔，河边捞些鱼虾。

日子清淡闲逸，朴素安稳，偶有邻里问访，相坐饮酒喝茶，共话桑麻。这样的生活，许多人都曾经拥有，后来为了所谓的前程，又亲自丢弃。数载漂蓬，方知寻常村落、百姓人家，才是灵魂安宁的归宿。梦里江南，不改初时模样，而我们已是沧桑姿态，年华渐老。

犹记旧年去往山寺请愿，一位老僧见我手持行囊，叩拜佛祖，只说："放下一切，方能如愿。"芸芸众生，于佛祖脚下，微若尘埃。一个人，若放不下行囊，放不下执念，又如何可以豁达清明。唯有心境澄明，世事方可无扰，心中所求自会如愿以偿。

佛教会我随缘，在风尘岁月中，慢慢放下肩上行囊、心中包袱。待到铅华洗尽，人世无恙，山水亦从容。是否闲隐，是否有一座属于自己的宅院，已不重要。

诗人顾城曾说："我的心，是一座城，一座最小的城。没有杂乱的市场，没有众多的居民。"[1]我亦如是，我的心，有一座庭院，那里莺飞草长，花木丛生，那里住着寂寞的灵魂，我是庭院的主人。过去的荣华与清苦，欢乐与忧伤，淡然远去。

如今，我所居住的城，远离村舍，唯见市井繁华。所幸我的

---

[1] 节选自顾城的诗《我是一座小城》。

214

屋舍离了闹市，于古老小区，还能闻到旧宅味道，亦见炊烟袅袅。窗台上种满花木，四季青葱，时有清风踱步，明月映帘。

数盆幽兰，闲置桌案，几瓣芬芳，增添雅韵。重门深锁，竹帘半掩，窗外来往过客如梭，室内茶香萦绕，琴声婉转。可见，隐逸未必在林泉，红尘处处皆为道场，心静如水，则波澜不惊。

山静日长

[宋]罗大经

唐子西诗云："山静似太古，日长如小年。"余家深山之中，每春夏之交，苍藓盈阶，落花满径，门无剥啄，松影参差，禽声上下。午睡初足，旋汲山泉，拾松枝，煮苦茗啜之。随意读《周易》《国风》《左氏传》《离骚》《太史公书》及陶、杜诗，韩、苏文数篇。从容步山径，抚松竹，与麛犊共偃息于长林丰草间。坐弄流泉，漱齿濯足。既归竹窗下，则山妻稚子作笋蕨，供麦饭，欣然一饱。弄笔窗间，随大小作数十字，展所藏法帖、墨迹、画卷纵观之。兴到则吟小诗，或草《玉露》一两段。再烹苦茗一杯，出步溪边，邂逅园翁溪友，问桑麻，说粳稻，量晴校雨，探节数时，相与剧谈一饷。归而倚杖柴门之下，则夕阳在山，紫绿万状，变幻顷刻，恍可人目。牛背笛声，两两来归，而月印前溪矣。味子西此句，可谓妙绝。然此句妙矣，识其妙者尽少。彼牵黄臂苍、驰猎于声利之场者，但见衮衮马头尘，匆匆驹隙影耳，乌知此句之妙哉！人能真知此妙，则东坡所谓"无事此静坐，一日是两日。若活七十年，便是百四十"，所得不已多乎？

后
记

　　就这么结束了，掩卷之人，是否同我这般，有一种意犹未尽之
感？其实人生原本简单，所有的故事，如同被岁月漂洗过的颜色，
简净明了，便好。

　　写字是件辛苦的事，尤其是耗费心力、投注情感的文字，其间
的过程、经受的疲累，无处与人言说。写字亦是件幸福的事，独坐
小窗，一盏清茶，伴着墨香，慢慢入境，到后来，内心洁净，竟是
山河更替，亦无惊扰。

　　我的心，已被光阴打理得清澈无尘，所以人世浩荡，于我亦可

温和相处。不喜繁复事物，不愿与人争执，随心写字，平静修行。

文字世界也许很窄，春去秋来，生老病死，大抵如此。文字世界也许很宽，风月晴雨，草木山石，皆有言语。

红尘之人，做红尘之事。都以为，我只爱林泉溪云，遗世独立，岂不知，我亦离不了柴米油盐、人间烟火。却终不喜繁华世态，只守寻常日子，简约安宁。

世间情长之事，能有几何？我对草木之情、山水之趣，远胜于尘世中山盟海誓的情爱。诺言薄浅如风，人与人的缘分纵算维系三生，亦有尽时。人与物的缘分却可百代经世，地老天荒。

我总说，有朝一日，就这么抛掷当下，小舟江湖。那些以为不能割舍的人事，一旦丢弃，即是永远。万物有因，皆生烦恼，唯有舍得，方能自在。

随缘为美，平淡是真。

白落梅

图书在版编目（CIP）数据

相逢如初见　回首是一生 / 白落梅著.—长沙：湖南文艺出版社，2020.5
ISBN 978-7-5404-8456-9

Ⅰ.①相… Ⅱ.①白… Ⅲ.①散文集－中国－当代
Ⅳ.①I267

中国版本图书馆 CIP 数据核字（2020）第 033336 号

上架建议：畅销书·文学

XIANGFENG RU CHUJIAN　HUISHOU SHI YISHENG
相逢如初见　回首是一生

作　　者：白落梅
出 版 人：曾赛丰
责任编辑：丁丽丹
监　　制：刘　毅
策划编辑：刘　毅
文字编辑：王晓芹　柳泓宇
营销编辑：刘晓晨　刘　迪　段海洋
封面设计：末末美书
版式设计：李　洁
内文排版：麦莫瑞
出　　版：湖南文艺出版社
　　　　　（长沙市雨花区东二环一段 508 号　邮编：410014）
网　　址：www.hnwy.net
印　　刷：北京天宇万达印刷有限公司
经　　销：新华书店
开　　本：875mm×1270mm　1/32
字　　数：156 千字
印　　张：7.5
版　　次：2020 年 5 月第 1 版
印　　次：2020 年 5 月第 1 次印刷
书　　号：ISBN 978-7-5404-8456-9
定　　价：58.00 元

若有质量问题，请致电质量监督电话：010-59096394
团购电话：010-59320018